AF281852

HYPNOPHOBIA

Von OLIVER J. PETRY

Buchbeschreibung:

8 Kurzgeschichten über 8 Albträume! Klassische und dystopische Horrorstories. Von Hexen, Werwölfen, Vampiren und Voodoo bis hin zu durchgeknallten Robotern, selbstfahrenden Autos und bösartigen Fitnesstrackern!

Über den Autor:

Oliver J. Petry wurde 1965 in Saarbrücken geboren und ist seiner saarländischen Heimat bis heute treu geblieben. Der Kfz-Prüfingenieur und Sachverständige betreibt im Nordsaarland eine kleine Prüfstelle. Seine spannenden Kurzgeschichten und Romane sind von seiner Liebe zur Technik, Musik, Natur, Tieren und Kunst geprägt.

HYPNOPHOBIA

Wehe, wenn du einschläfst!

von OLIVER J. PETRY

Für Lux und alle Menschen, die schlecht schlafen.
Süße Träume.

1. Auflage- Deutsche Erstausgabe, April 2024

Kontakt: Petry@email.de

© Cover, Titel und Text-Oliver J. Petry-alle Rechte vorbehalten.

Herstellung und Verlag:

BoD – Books on Demand, Norderstedt

ISBN: 9783759705303

1. Hypnophobie

Ich muss damals neun oder zehn Jahre alt gewesen sein. Vielleicht war ich auch erst acht oder doch schon elf, so genau kann ich mich nicht mehr erinnern. Jedenfalls kamen sie jede Nacht zu mir, um mich zu quälen. Die Albträume waren so realistisch, dass ich meistens schweißgebadet aufwachte und eine Heidenangst hatte, wieder einzuschlafen. Denn sobald ich einschlummerte, waren sie erneut hinter mir her. Früher gab es noch keine Zombies, zumindest nicht in meinen Träumen. Auch über durchgeknallte Roboter oder bösartige künstliche Intelligenz musste ich mir zu der Zeit keine Gedanken machen. Der einzige Roboter, den ich damals kannte, entstammte der Kinderserie: „Robbi, Tobbi und das Fliewatüüt" und war alles andere als furchteinflößend. Allerdings war das nicht unbedingt von Vorteil, denn da waren immer noch Vampire, Werwölfe und abgrundtief böse Hexen, die mich Nacht für Nacht heimsuchten. Des Öfteren war es Dracula selbst, der mich durch ein altes Schloss oder eine Burg jagte.

Bei Vollmond war ich in seinem düsteren Reich unterwegs, weit weg von zu Hause. Wahrscheinlich hatte mich mein Traum direkt nach Transsilvanien teleportiert. Auf einem riesigen Holztisch standen

Kerzenleuchter. Die blutroten Kerzen flackerten, als ob sie jeden Moment erlöschen müssten. Im offenen Kamin brannte zwar ein Feuer, aber als ich ausatmete, kondensierte die Luft. Der große Empfangssaal war eiskalt. Irgendwoher ertönte theatralische Orgelmusik. Jetzt hörte ich das Knarren von schweren Schritten. Irgendwer oder irgendetwas stampfte langsam die riesige Treppe hinunter. Etwas Böses kam auf mich zu. Natürlich wollte ich weglaufen, aber ich war voller Angst und erstarrte regelrecht zur Salzsäule. Dann sah ich ihn! Es war der Oberblutsauger persönlich, der langsam, aber sicher auf mich zukam. Ich wollte fliehen, aber ich konnte mich immer noch nicht bewegen. In einen tiefschwarzen Umhang gehüllt, sah dieser Graf wie eine Mischung aus Christopher Lee, Bela Lugosi und Klaus Kinski aus. Kein Mensch half mir, als Dracula mich mühelos hochhob und seine Eckzähne in meinen dünnen Hals schlug, um mein Blut zu trinken. Ich roch seinen modrigen Atem und fühlte überaus reale Schmerzen, als er zubiss.

Dann wachte ich voller Angst auf und schaltete panisch das Nachtlicht an. Ich war nassgeschwitzt und griff mir gleich an den Hals, der absurderweise wehtat. Als Nächstes betrachtete ich mir meine Handflächen. Vielleicht erwartete ich ja, mein eigenes Blut darauf sehen zu müssen. Aber da war Gott sei Dank nichts. Alles nur geträumt. Die Nachttischlampe würde ich nicht wieder ausschalten. Denn mit der Dunkelheit kämen die Gespenster sicherlich zurück. Wenn ich nur die Augen schloss, sah ich den Blutsauger erneut vor mir. Gerade weil der Traum so überaus realistisch war, brannte sich seine böse Fratze regelrecht in mein inneres Auge, vielleicht sogar in meine unschuldige Kinderseele ein. Ich wusste insgeheim, dass er nur auf mich wartete. Sobald ich wieder eingenickt war, würde dieses Monster mich erneut verfolgen, stellen und anschließend töten. So kam es dann auch. Krampfhaft versuchte ich, wach zu bleiben, aber irgendwann überfiel mich dann doch die Müdigkeit, um mich wiederum in die tiefsten Karpaten zu schicken.

Der Albtraum begann so grausig, wie der Vorherige geendet hatte. Der Blutjunkie oder vielmehr die Blutjunkies, denn Dracula hatte mittlerweile Verstärkung angefordert, verfolgten mich diesmal durchs halbe Schloss, bevor sie mich letztendlich anfielen. Noch konnte ich zwar fliehen, allerdings nur in Zeitlupe. Ich wollte wegrennen, aber meine Beine fühlten sich tonnenschwer an. Natürlich holten die Monster mich wild fauchend ein. Wieder spürte ich die schmerzhaften Bisse, bevor ich starb und Sekunden später völlig aufgelöst in meinem Bett erwachte.

Ungefähr vierundzwanzig Stunden später träumte ich von einer Winterlandschaft. Diesmal war ich mit zwei Schulfreunden zusammen und wir rodelten mit unseren Holzschlitten einen kleinen Abhang hinunter. Keiner von uns hatte damals eine Armbanduhr, aber wenn die Kirchenglocke siebenmal schlug, machten wir uns wie jeden Abend auf den Heimweg. Eigentlich war es schon dunkel, aber da das Mondlicht die schneebedeckte Landschaft erhellte, sahen meine Kameraden und ich verhältnismäßig gut. Wir waren spät dran und zogen spaßend unsere Schlitten hinter uns her. Um den Weg zum Dorf abzukürzen, mussten wir ein Stück am Waldrand vorbeimarschieren. Als eine Eule unerwartet schrie, machten wir uns fast in die Hosen, aber zugegeben hätte das natürlich keiner von uns. So stampften wir weiter durch den tiefen Schnee und blieben erst stehen, als aus dem Dunkel plötzlich ein langgezogenes Heulen zu vernehmen war. Kurz danach hörte ich aus dem Wald ein tiefes, kehliges Knurren. Gleichzeitig knackten brechende Äste im Unterholz. Die beiden anderen Kinder und ich blieben weiterhin stehen und starrten ins Dunkel der Baumschatten. Einer meiner Freunde wollte mir irgendwas sagen, was ich aber akustisch nicht verstand. Der Junge kam aber auch nicht mehr dazu, die Worte zu wiederholen, denn wie aus dem Nichts sprang ihn ein riesiger Werwolf an, um ihm innerhalb einer Sekunde den Kopf abzureißen. Geradezu fontänengleich spritzte das Blut aus dem Hals des armen Kindes, um den weißen Schnee umgehend dunkel einzufärben. Mein anderer Freund und ich selbst schrien wie am Spieß und liefen panisch davon. Wir rannten um unser Leben, aber der hohe Schnee ließ keine Sprinteinlagen zu. Ich war schneller als mein Freund, aber das zottelige Untier, das uns folgte, war schneller als wir beide. Eigentlich logisch, da der „Vierpfotenantrieb" des Monsters bedeutend mehr Grip schaffte, als wir mit unseren Schneestiefeln erreichen konnten. Als Nächstes hörte ich meinen Freund verzweifelt schreien. Er musste ausgerutscht und hingefallen sein. Das Ungeheuer hatte ihn. Ohne mich umzuschauen, lief ich einfach weiter. Auch hörte ich nach dem Geräusch von brechenden Knochen keine Schreie mehr. Dort vorne war der Wald zu Ende, vielleicht hätte der Werwolf ja mit seinen beiden Opfern genug, aber da hatte ich mich getäuscht. Diese Bestie sprang mich mit aller Wucht an und als ich auf dem Rücken im Schnee lag, stand sie über mir. Angewidert schaute ich dem Monster in seine schwefelgelben Augen, bevor mich unsagbare Schmerzen überfielen. Dieses Drecksvieh begann mich zu fressen, obwohl ich noch lebte. Dann fiel ich aus dem Bett und wachte auf. Einen Moment lang hatte ich das Gefühl, als ob mich die leuchtenden Augen des Werwolfs noch aus einer dunklen Zimmerecke heraus beobachteten, aber als ich die Deckenbeleuchtung meines Kinderzimmers einschaltete, waren sie verschwunden.

Ich brauche wohl nicht zu erwähnen, dass mir diese Nächte keine Erholung brachten. So war ich ständig unausgeschlafen und auch im Schulunterricht weder konzentriert noch aufnahmefähig. Wenn mich meine Eltern oder irgendein Lehrer vorwurfsvoll darauf ansprachen, entgegnete ich beschämt, nur schlecht geschlafen zu haben. Darauf hatten die Erwachsenen nur eine Lösung. Ich sollte gefälligst früher ins Bett gehen, um am nächsten Morgen ausgeschlafener zu sein. Heutzutage bezeichnet man diese Art von Schlafstörung als „Nachtschreck" oder auch mit seinem lateinischen Namen: „Pavor nocturnus", aber zu meiner Kinderzeit waren es nur schlechte Schlafphasen, da sollte ich mich tunlichst nicht so anstellen. Hätte ich ihnen meine Albträume erzählt, wäre mir ihr geheucheltes Mitleid sicher gewesen. Schließlich gab es keine Monster, das müsste mir doch schon in meinem kindlichen Alter klar sein. Sie waren weder unter meinem Bett, noch versteckten sie sich in Kleiderschränken. Alles nur Fantasie, aber genau das war das, oder vielmehr mein Problem. Wie gerne hätte ich einmal durchgeschlafen.

Eine Nacht später träumte ich von einem Schulaus-
flug. Meine Mitschüler und ich wurden in einer
Herberge mitten im Wald untergebracht. Eine nette
ältere Frau, die Herbergsmutter, begrüßte unsere
Lehrerin und uns ausgesprochen überschwänglich.
Da wir den ganzen Tag noch nichts gegessen
hatten, hatte sie für uns schon das Abendessen
zubereitet. Im Speisesaal stand schon alles auf den
Tischen. Nur ich selbst hatte ein komisches Gefühl.
Die Herbergsmutter war zwar überaus freundlich,
aber ihr permanentes Lächeln wirkte geradezu auf-
gesetzt und regelrecht eingefroren. In etwa so, als
wären ihre hochgezogenen Mundwinkel festgeta-
ckert. Als ob es sich bei diesem immer lächelnden
Gesicht nur um eine Maske handeln würde. Meine
Mitschüler saßen alle schon brav am Tisch, tranken
Tee und aßen Nudeln in Hackfleischsoße. Irgendetwas trieb mich dazu, die Gastgeberin im Auge zu
behalten. So folgte ich ihr unauffällig in die große
weißgekachelte Küche des Schullandheimes. Die
Frau wollte noch etwas Hackfleisch bringen, da sie
den Heißhunger der Kinder augenscheinlich unter-
schätzt hatte. Die alleinige Chefin der Herberge
ging zum Herd, öffnete den Deckel eines über-
dimensional großen Kochtopfes und nahm ein
Stück Fleisch heraus. Anschließend jagte sie es
schmunzelnd durch einen riesigen Fleischwolf, der
unmittelbar danebenstand. Ich konnte kurz einen
Blick auf dieses Fleischstück erhaschen, bevor es

durch den Wolf gedreht wurde. Es war der abge-
trennte Oberarm eines Kindes. Völlig geschockt
musste ich mir die Hand vor den Mund halten, um
nicht hysterisch loszubrüllen. Fast hätte ich den-
noch panisch geschrien, aber indem ich mir in die
eigene Hand biss, konnte ich gerade noch verhindern, dass ich mich verriet. Jetzt sang die Frau
sogar ein Kinderlied. Ich glaubte dabei die Worte
„Hänsel und Gretel" herauszuhören. Danach
kicherte sie, und als ich wieder zu ihr sah, spiegelte
sich ihr allzeit lächelndes Gesicht gerade in einer
polierten Edelstahlabdeckung. Wieder musste ich
mir in die Hand beißen, um nicht angsterfüllt los-
zuschreien. Die Spiegelung zeigte ihr wahres
Gesicht. Es war das fürchterliche Antlitz einer alten
Hexe. Ich musste jetzt handeln. Schnellstmöglich
müsste ich unsere Lehrerin und meine Schulkameraden vor diesem Ungeheuer warnen. Aber irgendetwas musste mich verraten haben, denn als die
Hexe mit der Zubereitung des Hackfleischs
zugange war, blinzelte sie kurz in meine Richtung,
nahm einen Knochen aus dem Kochtopf und nagte
genüsslich das Fleisch herunter. Das war zu viel.
Ich gab meine Deckung auf und rannte, so schnell
ich konnte zum Speisesaal. Das bösartige Lachen
der Hexe verfolgte mich. Ich hatte schon ein komisches Gefühl, bevor ich eintrat, denn die Stimmen
der Kinder waren alle verstummt. Völlig außer
Atem sah ich, dass all meine Schulkameraden leblos

über den Tischen hingen oder auf dem Boden lagen. Wahrscheinlich waren sie allesamt vergiftet worden. Der Tee oder das Essen, Gott sei Dank hatte ich nichts zu mir genommen. Aber plötzlich bewegte sich doch etwas in dem großen Raum. Unsere junge Klassenlehrerin Frau Kroll winkte mir freudestrahlend zu. Ich hätte sie fast nicht wiedererkannt, da ihre schwarzen Haare nun schlohweiß waren. Den roten Lippenstift, den die eitle Frau normalerweise halbstündlich einsetzte, musste sie sich völlig unkontrolliert durch ihr komplettes Gesicht gezogen haben. Aber halt, das war keine Schminke. Gerade würgte Frau Kroll einen blutigen Bissen hinunter, der vom Oberschenkel unserer allseits beliebten Klassensprecherin zu kommen schien. Die Lehrerin saß an einem Tisch und hatte ihren Arm auf die Schulter der Schülerin gelegt. Einen Moment lang sah es so aus, als wollte sie mit dem Kind schunkeln, aber in der nächsten Sekunde biss sie ihrer Vorzeigeschülerin in den Hals, um mich anschließend hämisch anzugrinsen. Auf einem blutigen Fleischfetzen kauend winkte Frau Kroll mich zu sich. Voller Abscheu wollte ich nun wegrennen, aber ich konnte nicht flüchten, da mich eine Hand oder doch eher eine Klaue an meinem linken Ohr festhielt. Die Herbergsmutter zog mich zu Frau Kroll, die heiser kicherte. Dann warf mich diese fürchterliche Hexe regelrecht in die Arme meiner Lehrerin.

Frau Kroll hielt mich an den Händen fest und kicherte weiter. Gleichzeitig griff sich die Herbergsmutter meine Füße. Nun trugen mich die beiden wieder in den Küchenbereich. Die Hausherrin öffnete eine Klappe in der Wand und nachdem sich die Frauen kurz beratschlagt hatten, warfen sie mich mit Schwung dort hinein. Nachdem ich drin lag, wurde die Klappe wieder geschlossen. Durch die dicke Glasscheibe konnte ich die beiden gut erkennen. Jetzt hatten sie ihre menschlichen Masken abgelegt und stierten mich mit zunehmendem Appetit auf Kinderfleisch an. Sie betätigten irgendwelche Knöpfe, Drehregler oder was auch immer. Jedenfalls wurde es in dieser Wandkammer warm und immer wärmer. Jetzt war mir sehr wohl bewusst, was sie mit mir vorhatten. Ich war in einem Backofen gefangen und sollte gebraten werden. Die Hitze schmerzte und wieder biss ich mir in die Hand, um nicht schreien zu müssen. Ich schlug panisch gegen die Ofenscheibe, aber draußen lachten die Hexen nur. Irgendwann gab ich auf, fügte mich meinem Schicksal und versuchte, die Sache positiv zu sehen. Zumindest fraßen mich die beiden Hexen nicht bei lebendigem Leibe auf, aber die Ofenhitze bereitete mir nicht weniger Schmerzen.

Ich verbrannte, doch dann fand der Albtraum Gott sei Dank ein jähes Ende. Schreiend und verzweifelt wachte ich auf. Mein Schlafanzug war völlig durchgeschwitzt und meine rechte Hand hatte ich mir im Schlaf blutig gebissen.

Am darauffolgenden Abend machte ich mir vor dem Zubettgehen einige Gedanken. Mittlerweile konnte ich mich schon nicht mehr erinnern, wann ich das letzte Mal halbwegs gut geschlafen hatte. Seit Wochen plagten mich die schlechten Träume und ich wusste, dass ich aus reiner Selbsterhaltung etwas ändern musste. Wenn das so weiter ging, würde ich sowohl körperlichen als auch seelischen Schaden nehmen. Kurz bevor ich in die Traumwelt abglitt, musste ich mir immer wieder sagen, dass die Monster, die mich in jeder Nacht heimsuchten, nicht echt waren. Während meiner REM-Phasen träumte ich doch schließlich nur. Das müsste ich mir verinnerlichen. Ich musste gegen die Gespenster gewappnet sein. Ich dürfte mich nicht passiv in meine Albträume ziehen lassen, um dann barfuß und im Schlafanzug in irgendeinem Horrorszenario letztlich zu sterben. Nein, ich musste eine aktive oder vielmehr eine offensive Rolle in meiner Traumwelt einnehmen, denn ich war nun lange genug regelrecht das Schlachtopfer gewesen. Dracula und all die anderen müssten heute Nacht ihr blaues Wunder erleben, denn ich konzentrierte mich auf das, was unweigerlich passieren würde. Als ich kurz vor dem Einschlafen war, flüsterte ich zu mir selbst: »Es ist nur ein Traum und das weißt du auch!«

Eine halbe Stunde später befand ich mich wieder in dieser alten Burg, mitten in den Karpaten. Einen Moment lang fürchtete ich mich, als ich knarrende Schritte hörte, die immer näherkamen. Wieder bekam ich am ganzen Körper eine Gänsehaut, und wieder stand ich barfuß auf dem kalten Steinboden der riesigen Halle. Dracula kam wie immer theatralisch die Treppe herunter und ich hatte ihm nichts entgegenzusetzen. Im Schlafanzug wartete ich voller Angst auf mein kommendes Ende. Als er vor mir stand, nach mir griff und mich hochhob, war alles wie immer. Gleich würde er mich beißen. Ich konnte seinen modrigen Atem riechen. Aber plötzlich wusste ich, dass ich mich nur in einem schlimmen Albtraum befand. Ich trat mit aller Gewalt zu und erwischte den Oberblutsauger an einer empfindlichen Stelle. Völlig überrascht ließ Dracula mich los und krümmte sich vor Schmerzen. Damit hätte der transsilvanische Graf nicht gerechnet. Jetzt, da ich mich meinem Schicksal nicht devot ergeben hatte, änderte sich alles. Ich mutierte in meinem Traum schlichtweg zum Superhelden. Kurzzeitig schaute ich gewissermaßen aus der Vogelperspektive auf mich selbst herab. Wenn ich mich recht erinnere, sah ich nun aus wie eine Mischung aus Van Helsing, dem Gestiefelten Kater und Superman. Dracula, der zu schrumpfen schien, schaute mich immer noch völlig entgeistert an, während er böse fauchte. Allerdings übersah er den Holzpflock, den ich völlig unerwartet aus meinem langen Ledermantel zog. »Nimm das ... du blödes Monster«, schrie ich ihn an, als ich den Pfahl in seine Brust rammte. Der Vampir schaute mich noch einmal völlig verdutzt an, bevor er zu Staub zerfiel. Durch das Geschrei angelockt, tauchten nun aber noch fünf oder sechs weitere Vampire auf, die mich regelrecht einkesselten. Doch ich blieb in der Offensive und eliminierte einen Blutsauger genauso, wie ich es gerade mit seinem Chef gemacht hatte. Nun musste ich die anderen noch loswerden. So sprang ich in die Luft, schwang mich am Kronleuchter elegant auf die riesige Treppe und rannte mit meinen Verfolgern im Schlepptau auf ein abgedunkeltes Fenster zu. Kraftvoll riss ich die schweren purpurfarbenen Vorhänge herunter, da ich insgeheim wusste, was gleich passieren würde. Goldgelbe Sonnenstrahlen erhellten schlagartig den Raum, und schnell und alles andere als schmerzlos verbrannten die übrig gebliebenen Blutsauger.

Triumphierend erwachte ich tausende Meilen entfernt in meinem Bett und grinste über das ganze Gesicht. Nach diesem Traum, der für mich eher ein

Superheldenabenteuer als ein Horrorspektakel war, fühlte ich mich ausgeruht und voller Energie. Morgen Nacht würde ich den Werwolf ein Stöckchen apportieren lassen und eine Nacht danach hätten auch die Hexen schlechte Karten.

Aber es kam anders. Die Albträume mit all ihren Monstern hatten jetzt keine Macht mehr über mich und somit die Lust an mir endgültig verloren.

2. Fellnasen in Not

Heute war mal wieder so ein Tag, an dem er seine Kleintierpraxis am liebsten gar nicht erst geöffnet hätte. Nach der dritten Kastration und diverser Gesundheitschecks fühlte Georg sich unendlich matt und müde, aber seine Angestellte Frau Südermann hatte den Terminplaner wie immer komplett vollgeschrieben. Sicherlich liebte er seine Arbeit, aber zu viel war einfach zu viel. Die Hunde und Katzen, die er tierärztlich versorgte, machten ihm nur selten Stress. Es waren eher ihre beratungsresistenten Besitzer, die ihn des Öfteren zur Verzweiflung brachten. Für den einen oder anderen Hunde- oder Katzenhalter stellte Hasso oder Kitty schon lange kein Haustier im eigentlichen Sinne mehr dar. Durch die immer weiter fortschreitende Vermenschlichung taten die Leute ihren Schützlingen sicherlich keinen Gefallen. So sehr Georg auch auf manche Tierhalter einredete, es brachte letzten Endes nichts. Oma Lieschen fütterte ihren Dackel Poldi auch weiterhin mit Süßigkeiten zu Tode und der bekennende Veganer Kai-Uwe versuchte, seine Siamkatze prinzipiell mit Tofu sattzukriegen. Georgs Hinweise und Predigten über artgerechte Haltung und Ernährung fruchteten immer seltener. So war der fast Sechzigjährige schlicht und ergreifend desillusioniert. Heute Abend hatte der Veterinär noch einen letzten Impftermin, dann würde er es sich zu Hause erst einmal bei einem Glas Rotwein und entspannender Musik bequem machen. Nun klingelte es auch schon wieder. Nachdem Frau Südermann ihren grau melierten Haarschopf in sein Behandlungszimmer gestreckt hatte, nickte er nur, um gleichzeitig seinen Kittel zu richten.

»Frau Kunze wartet mit ihrem Hund Lupo draußen. Einmal Tollwutimpfung und das Übliche; Chef«, flüsterte Frau Südermann schon fast mechanisch. Georg ließ sich einen Moment lang Zeit, dann öffnete er die Tür zum Wartezimmer, um Frau Kunze hereinzubitten. Der langjährige Tierarzt war etwas verdutzt, als die gutaussehende Frau mit seinem neuen Patienten an der Leine eintrat.

»Wo haben Sie denn den her?« Georg kratzte sich etwas nervös am Kopf, als er sich den Hund näher betrachtete. Der Tierarzt wusste, dass das ein neuer Trend bei Hundehaltern war. Heutzutage reichte kein Schäferhund mehr, es musste schon ein Hund sein, der einem Wolf verdammt ähnlichsah. Mittlerweile hatte er einige Wolfshybriden in Kundschaft, die sich alle in ihrem Wesen unterschieden. Es waren meist tschechoslowakische oder Saarloos-Wolfshunde. Oftmals handelte es sich dabei um

Tiere, die gar nicht oder nur bedingt zu erziehen waren. Die Hybriden sind nämlich in der Regel um einiges scheuer als andere Hunde und überaus sensibel.

Frau Kunze lächelte und versuchte Georgs Gedanken zu lesen. »Ich habe ihn erst seit vierzehn Tagen, Doktor. Er kommt direkt aus Rumänien. Wenn ich ihn nicht gerettet hätte, wäre der Süße wohl mittlerweile nicht mehr am Leben. Es gab wirklich keine Alternative zur Tötungsstation, und bei diesem stolzen Kerl konnte ich einfach nicht Nein sagen.« Um das Gesagte noch zu unterstreichen, tätschelte Frau Kunze ihrem schwanzwedelnden Vierbeiner daraufhin liebevoll den Kopf. Georg überlegte kurz, ob er darauf antworten sollte, denn schließlich wollte er seine Kundschaft nicht unnötig vergraulen. Abwechselnd schaute er zu Lupo und zu seiner neuen Besitzerin. Sicherlich war Tierrettung etwas absolut Ehrenvolles. Allerdings würde man nicht alle Straßenhunde dieser Welt retten können.

»Okay, Frau Kunze. Heben wir ihn gemeinsam auf den Behandlungstisch, dort drüben. Dann schaue ich mir Ihren neuen Freund mal genauer an. Glauben Sie, dass wir ihm einen Maulkorb anlegen müssen?«

»Nein Doc; Lupo ist zahm wie ein Lämmchen. Ich kann in seinen Fressnapf greifen, ohne dass er mich auch nur anknurrt.«

»Das Lamm im Wolfspelz«, dachte Georg, während Frau Kunze und er den Wolfshund auf den Edelstahltisch wuchteten. Lupo ließ alles über sich ergehen. Georg hörte ihn mit dem Stethoskop ab, führte seine Untersuchung fort und gab ihm danach eine Spritze gegen Tollwut. Der Veterinär wunderte sich insgeheim darüber, dass das Wölfchen absolut gelassen blieb. Kein Knurren, kein Zucken. Lupo war ein tierischer Patient, den sich jeder Veterinär nur wünschen konnte.

»So, mein Braver. Jetzt schaue ich noch kurz nach deinen Zähnen und dann darfst du wieder vom Tisch!« Langsam griff Georg über Lupos Schnauze, um den Fang vorsichtig öffnen zu können. Frau Kunze erschrak, als der Wolfshund dem Veterinär daraufhin in den Finger biss.

»Aua … Ah, kein Drama, mein Fehler!« Georg zog die Hand schnell zurück, doch Lupo kartete auch nicht nach. Ganz im Gegenteil, er schaute schuldbewusst zu seiner Herrin und sprang athletisch vom Behandlungstisch herunter.

»Bin selbst schuld daran! Er mag es einfach nicht, wenn ein Fremder ihm über den Kopf greift, um ihm anschließend den Rachen aufzureißen. So was würde ich wahrscheinlich auch nicht wollen. Das war auch kein richtiger Biss, sondern eher eine kleine Warnung. Nach den Zähnen schauen wir heute aber nicht mehr, Frau Kunze, beim nächsten Mal pass ich besser auf«, sagte Georg lachend, während er seinen leicht blutenden Zeigefinger unter fließendes Wasser hielt.

Frau Kunze war immer noch etwas perplex, aber nachdem sie Georgs entspanntes Lachen hörte, wurde ihr Herzschlag auch wieder etwas langsamer. »Sorry, Herr Doktor«, antwortete sie leise.

»Kein Thema, junge Frau! Sowas passiert und gehört zu meinem Job. Irgendwann hab ich aufgehört zu zählen, wie oft ich in meinem Berufsleben denn schon gekratzt oder gebissen wurde«.

Frau Kunze lächelte den Tierarzt vielsagend an. »Sie sind schon ein toller Mann, Doktor!« Mit Lupo an der kurzen Leine stellte sie ihre Umhängetasche etwas umständlich ab, um ein Papierstückchen herauszufischen. Dann kam sie Georg verdächtig nahe und zog vorsichtig, aber souverän einen roten Kugelschreiber aus der Brusttasche seines dunkelblauen Arztkittels. Jetzt schrieb sie ihm ihre Telefonnummer auf. Zudem strahlte die Frau ihn mit ihren rehbraunen Augen geradezu magisch an, während sie ihm den Stift zurückgab. Irgendetwas irritierte den Veterinär, als er die Notiz entgegennahm. Schließlich war sie um einiges jünger als er. War das gerade eine Anmache?

Ein paar Sekunden herrschte unsicheres Schweigen in dem schneeweiß gekachelten Raum, aber dann entgegnete sie ihm mit sanfter Stimme: »Wenn Sie abends mal Zeit und Lust haben, melden Sie sich einfach, Doc. Auf den heutigen Schreck müssen wir beide zumindest ein Gläschen Wein zusammen trinken, oder? Natürlich nur, wenn Sie möchten«. Georg lächelte, als die Frau mit ihrem Wolfshybriden die Praxis verließ. Sicherlich war ihre Offerte verlockend und eine Streicheleinheit für sein Ego, aber er würde wohl nicht auf ihr Angebot eingehen. Vor zehn oder fünfzehn Jahren hätte sich die Frage erst gar nicht gestellt. Aber die letzte Zeit, die letzten Monate, vielleicht sogar die letzten Jahre, fühlte er sich zunehmend ausgebrannt und wollte nach getaner Arbeit nur noch in sein geliebtes Zuhause. Einfach in seiner abgetragenen Jogginghose auf seine Couch, um, wie bereits erwähnt, bei Rotwein und klassischer Musik, wohlverdient dem grauen Alltag zu entfliehen.

Zwei Stunden später hörte er Vivaldis „Vier Jahreszeiten", und als die Violinen zum Sommer einsetzten, begann sein malträtierter Zeigefinger abrupt zu schmerzen. Er brannte und pochte wie wild. Georg stand genervt vom Sofa auf, riss das Pflaster herunter und ging schnurstracks ins Bad, um seine Hand unter kaltes Wasser zu halten. Da das kühle Nass auch nur wenig Linderung brachte, nahm er sich einen Eisbeutel aus dem Gefrierschrank und wickelte seinen Finger darin ein. Vorher betrachtete er sich die Bissstelle, aber außer einem kleinen Kratzer konnte er wirklich nichts erkennen. Blitzartig zuckte er zusammen. Was war das plötzlich für ein Lärm da draußen, und was zum Teufel, interessierten ihn die Diskussionen der Leute, die im Haus gegenüber wohnten. Dann hörte er ein kurzes Rascheln … darauf ein leichtes Quieken. Als er aufstand und aus dem Fenster schielte, sah er, dass in einer Entfernung von ungefähr hundert Metern eine kleine Ratte um einen abgestellten Müllsack herumturnte. Verdammt, er hatte noch nicht einmal seine Brille auf, wie konnte es sein, dass er urplötzlich so scharf sah und zudem noch buchstäblich die Flöhe husten hörte? Es dauerte ein paar Minuten, bis Georg mitbekam, was gerade mit ihm passierte, aber er konnte es sich nicht erklären. Die Schmerzen, die er eben noch hatte, waren wie weggeblasen. Es ging ihm so gut wie schon lange nicht mehr. Georg hatte plötzlich Heißhunger. Dabei war es noch nicht einmal allein die Lust auf Fleisch, die ihn überkam, sondern eher die Lust auf das Leben an sich. Der ältere Mann fühlte sich mit einem Mal wieder jung, und nachdem er sich über eine Dose Corned Beef hergemacht hatte, suchte er den Zettel mit der Telefonnummer. Währenddessen schob sich der Vollmond gemächlich zwischen den Wolken hervor.

Anderthalb Stunden später wachte Georg in einem fremden Bett auf. Allerdings stand, oder vielmehr lag er neben sich. Alles war so surreal gewesen. Kurz nachdem Frau Kunze ihm leicht bekleidet die Haustür geöffnet hatte, musste er auch schon regelrecht über sie hergefallen sein. Seine Libido war so stark, dass er die Frau ohne großes Vorgeplänkel nahm. Noch im Hausflur rissen sich die beiden gegenseitig ihre Klamotten vom Leib und was kurz danach passierte, hatte nicht das geringste mit Zärtlichkeit oder Blümchensex zu tun. Ganz im Gegenteil. Es war wohl eher das Ausleben animalischer Triebe, die das Paar praktiziert hatte. Georgs Knie schmerzten etwas. Sie waren wund, wahrscheinlich waren es Brandblasen. Kein Wunder, schließlich hatte er Frau Kunze in der Doggystyle-Position durch ihre halbe Wohnung geschoben. Georg lächelte selbstgefällig, während er daran dachte. Als er ein leises Knurren aus der Zimmerecke vernahm, drehte er seinen Kopf langsam nach links. Nur circa drei Meter vom Bett entfernt saß Lupo. Der Wolfsmischling starrte ihn interessiert an, während er sich abwechselnd seine rotgesprenkelte Brust und seine Pfoten ableckte. Georgs Lächeln verschwand augenblicklich. Verdammt, wieso konnte er sich nur bruchstückhaft an die letzten neunzig Minuten erinnern und was hatte Lupo währenddessen angestellt. Schlagartig empfand er eine penetrante Übelkeit. Außerdem lag da irgendetwas Klitschiges auf Georgs rechtem Oberarm. Er griff danach, um feststellen zu müssen, dass er ein Stückchen Leber in der Hand hielt. Als Georg hektisch nach rechts schaute, packte ihn endgültig das kalte Grauen. Im Bett neben ihm lag Frau Kunze oder eher das, was von ihr noch übrig war. Die Bettwäsche war blutgetränkt und obwohl Georg seinen Blick geschockt abwenden musste, hatte er doch schon viel zu viel gesehen. Eigentlich bestand die arme Frau Kunze nur noch aus Kopf und Torso. Ihre Arme und Beine lagen im ganzen Schlafzimmer verstreut. Der Kehlkopf war herausgerissen und die Bauchdecke geöffnet. Die Frau war geradezu zerfetzt worden und Georg musste währenddessen tief und fest geschlafen haben. Wie konnte das sein? Was hatte sich hier abgespielt? Hatte sie ihm KO-Tropfen in sein Getränk getan? Georg hatte einen unangenehmen, metallischen Geschmack im Mund. Der Veterinär sprang blitzartig aus dem Bett und musste sich an Ort und Stelle übergeben. Wie in Trance suchte er sich einen Teil seiner Kleidung zusammen. Er hatte einen Blackout gehabt, so viel war sicher, aber was um Himmelswillen war mit Frau Kunze passiert?

Lupo musste sie angefallen haben, nur warum hatte er davon so rein gar nichts mitbekommen? Georg taumelte ins Wohnzimmer. Lupo lag jetzt eingerollt auf dem Sofa und schlief tief und fest. Der Wolfsmischling machte den Eindruck, als ob er kein Wässerchen trüben könnte. Währenddessen fand der Tierarzt sein Smartphone auf dem Wohnzimmertisch. Ohne seinen Blick von der Bestie abzuwenden, wählte er den Notruf. Er müsste sofort die Polizei benachrichtigen, das war ihm durchaus bewusst, doch dann drückte er den Anruf weg. Dieses Massaker konnte Lupo wirklich nicht angerichtet haben, das dämmerte ihm nun langsam. Ein Grizzlybär oder ein ausgewachsener Löwe hätten Frau Kunze vielleicht so zurichten können, aber Lupo sicher nicht. Er versuchte, sich zu erinnern, und überlegte krampfhaft, was denn hier vor kurzem vorgefallen sein musste. Gerade fiel ihm eine Schauergeschichte ein, die ihm seine Großmutter vor mehr als fünfzig Jahren erzählt hatte. Dabei ging es um einen Menschen, der von einem Wolf gebissen wurde. Seine Großeltern waren vor langer Zeit aus Siebenbürgen emigriert. Eine Tatsache, die ihm augenblicklich wieder einfiel. Komisch, dass ein Teil seiner Vorfahren ursprünglich aus Rumänien kam, hatte er fast vergessen. Aber es war doch nur eine Sage, mit der man kleine Kinder ängstigen konnte, oder etwa nicht? Stumm schaute er sich seine Hände an.

Unter seinen Fingernägeln klebte etwas. Er suchte das Bad, fand es und wusch sich als erstes die Finger. Während er Hautfetzen und getrocknetes Blut unter seinen Nägeln entfernte, störte ihn zudem irgendetwas, was sich zwischen seinen Zähnen verfangen haben musste. Er schaute in den Spiegel und übergab sich ein weiteres Mal ins Waschbecken. Georg war kurz davor durchzudrehen, als er unverdaute Fleischbrocken in seinem Erbrochenen erblickte. Oh ja, das war nicht nur Corned Beef, sondern Frau Kunze, die er da gerade erbrach. Die arme Frau. Wie hieß sie eigentlich mit Vornamen? Der Tierarzt hatte keine Ahnung. Er hatte mit ihr geschlafen, sie anschließend bestialisch getötet, zudem halb aufgefressen und kannte noch nicht einmal ihren vollen Namen. All diese wirren Gedanken schossen Georg durch seinen pochenden Schädel. Wie konnte es dazu kommen und wie würde es jetzt weitergehen? Der Veterinär hatte immer noch keine Ahnung, warum er seiner netten, liebebedürftigen Kundin so etwas Grässliches angetan hatte. Er musste einen Ausweg finden, denn er wollte nicht ins Gefängnis. Aber schließlich hatte er gemordet, obwohl er sich daran absolut nicht erinnern konnte. Georg wusste nur eins, noch war es dunkel, und noch konnte er unerkannt ihre Wohnung verlassen. Als er nach draußen ging, hörte er Lupo kurzzeitig jaulen oder war es ein Wolfsheulen, das nur in seiner Einbildung stattfand. Wie in Trance fuhr er auf direktem Weg zu seiner Wohnung, nachdem er sein Auto eine Querstraße weiter wiedergefunden hatte.

Zu Hause angekommen, stellte er sich erst einmal eine geschlagene Stunde unter die Dusche. Mit einer Nagelbürste rieb er sich fast seine Finger blutig, während er hysterisch versuchte, das getrocknete Blut unter seinen Fingernägeln vollends zu entfernen. Wie sollte es nun weitergehen? Frau Kunze lebte zwar allein, aber irgendwann würde doch die Nachbarschaft auf den jaulenden Hund aufmerksam werden. Georg überlegte angestrengt. Wenn die Polizei Frau Kunze so mausetot und bestialisch zugerichtet vorfand, würden die Ordnungshüter sicherlich als erstes ihren tierischen Kameraden verdächtigen, aber wie lange? Im Eifer des Gefechts hatte Georg doch keine Zeit gefunden, seine eigenen Spuren zu beseitigen. Wie sollten sich die Kriminalisten wohl das Erbrochene auf dem Fußboden oder gar im Waschbecken erklären? Früher oder später würden ihn die Ermittler definitiv überführen. Obwohl, wie sollten die Polizisten wohl den Tathergang rekonstruieren, den er sich doch selbst nicht erklären konnte. Augenscheinlich schien doch Lupo für das Blutbad verantwortlich zu sein. Bei dem Gedanken daran bekam Georg einen Moment lang so etwas Ähnliches wie Gewissensbisse gegenüber dem Wolfshund. Nachdem der Mann hin und herüberlegt hatte, stand er auf, öffnete eine alte Kommode und fand nach einigem Suchen eine kleine Holzschatulle, die er vor sich auf den Esstisch stellte. Mit zittrigen Fingern nahm er ein in Schweinsleder gebundenes Buch heraus und betrachtete es erst einmal eine ganze Zeit lang skeptisch, bevor er es aufschlug, um sich schlagartig wieder an seine Kindheit und die alte Heimat zu erinnern. Nach und nach las er die handgeschriebenen Zeilen seiner Großmutter auf den vergilbten Seiten des kleinen Notizbuches. Das eine oder andere Wort konnte der Veterinär ins Deutsche übersetzen, aber für den einen oder anderen Satz musste er das Übersetzungsprogramm zur Hilfe nehmen. So gab er die rumänischen Worte ein, die das Programm, das auf seinem Smartphone bereits installiert war, sofort ins Deutsche übersetzte. Seine „Bunica" (Großmutter) hatte sich wirklich Mühe gegeben, doch leider hatte die schwarze Tinte im Laufe der Zeit augenscheinlich gelitten. Verschiedene Worte waren nur noch schlecht auf den zerfledderten Buchseiten erkennbar. Doch dann fand Georg die Geschichte, die er suchte. Seine Oma hatte die Überschrift des volkstümlichen Märchens sogar dick unterstrichen.

„De la om la lup" gab Georg in sein Handy ein, obwohl er ahnte, was die deutsche Übersetzung sein würde. „Vom Menschen zum Wolf" war das Ergebnis, mit dem der Mann gerechnet hatte. Georg gefiel das, was er da sah, ganz und gar nicht. Kurz davor seine Fassung zu verlieren, las er die Geschichte, während er eine Zigarette nach der anderen rauchte. Dabei fiel ihm noch nicht einmal auf, dass er vor gut vier Wochen das Rauchen aufgegeben hatte. In seiner Schreibtischschublade war er noch fündig geworden, denn dort hatte er für alle Fälle seine letzten Glimmstängel deponiert. Georg war fix und fertig, nachdem er Großmutters Geschreibsel halbwegs verstanden und übersetzt hatte. Ihre Geschichte endete mit einem Wort, das sogar doppelt unterstrichen war. „Varcolac", … nachdem das installierte Programm diese acht Buchstaben als „Werwolf" übersetzte, wusste Georg endgültig, was Sache war. Fast schon trotzig warf er die bis zum Filter heruntergebrannten Zigaretten auf den teuren Laminatfußboden, um sie dort großflächig auszutreten, obwohl nur zwei Meter weiter ein leerer Aschenbecher auf der Fensterbank stand. Es war ihm schlicht und ergreifend völlig egal, ob er sich gerade seinen Fußboden ruinierte. Das alles war nur äußerlich, aber wie in Dreiteufelsnamen sollte es jetzt mit ihm weitergehen? Eigentlich müsste er sofort zur Polizei, aber was sollte er den Beamten erzählen? Das wäre wohl das einzig Richtige, nur alles andere als glaubhaft. Wenn er sich selbst belastete, würde er seine

Zukunft wohl definitiv in der geschlossenen Psychiatrie verbringen. Die Ordnungshüter würden sich über ihn und diese alten Kindermärchen nur lustig machen und das völlig zu Recht. Würde er sich ernsthaft verwandeln? So etwas konnte in dieser Welt doch nicht passieren. Schließlich war er ein aufgeklärter Mann, der keinesfalls an irgendwelche Gespenstergeschichten glaubte. Irgendwie wollte Georg seine Situation nicht wahrhaben, um sie auch nicht akzeptieren zu müssen. Aber das Menschenfleisch, das sich zwischen seinen Zähnen verfangen hatte, und all das getrocknete Blut konnte er nicht wegdiskutieren. Ob die alten Legenden doch mehr als einen Funken Wahrheit enthielten? Zumindest sah es ganz so aus und spätestens heute Abend würde er es wissen.

Als er in der Praxis ankam, fühlte er sich völlig ausgeruht und das, obwohl er letzte Nacht nur wenig geschlafen hatte. Als Erstes fiel ihm Frau Südermanns Parfüm auf. Das Duftwässerchen erfüllte das ganze Wartezimmer und selbst der Behandlungsraum roch überaus intensiv nach einem Gemisch aus Rosenwasser und Zedernholz. Georg musste niesen, während er das kleine Fenster hinter dem großen Edelstahltisch hektisch aufriss. Verdammt; hatte die Frau in dem Zeug gebadet? Dann schaute er auf seinen Terminkalender. Seine Angestellte hatte ihn wie immer vollgeschrieben. Einen

Termin nach dem anderen und das alles im fünfzehnminütigen Turnus. Scheinbar hatte die Frau Angst, dass er und somit auch sie arbeitslos würden. Vielleicht machte sie das auch aus reinem Selbstzweck, denn schließlich hatte sie auch noch ein paar Arbeitsjahre vor sich. »Wenn man vom Teufel spricht«, dachte er sich schmunzelnd, als die Frau wie immer ihr grau meliertes Haupt durch den Türspalt steckte. »Moin, Herr Doktor. Heute haben wir wieder volles Haus! Sieben Katzen bis zur Mittagspause und dann den ganzen Nachmittag, außer einem Meerschweinchen nur Hunde. Das schaffen wir beide doch mit links, oder?« Georg hasste diesen Ausspruch, aber er versuchte sanft zu lächeln. »Logisch Frau Südermann, wir schaffen das natürlich … wie immer! Allerdings bitte ich sie nochmals, mir nicht so viele Termine aufs Auge zu drücken. Schließlich wollen wir hier doch keine Fließbandarbeit leisten, oder? Und einen neuen Rekord in puncto Patienten pro Tag sicherlich auch nicht.« Den Spruch hätte sich der Tierarzt wirklich schenken können, aber das wusste Georg in derselben Sekunde, als er ihn aussprach auch. Nichts würde sich an Frau Südermanns Zeitmanagement ändern. Wahrscheinlich wäre die Tierarzthelferin erst zufrieden, wenn er völlig überarbeitet vor ihr zusammenbrechen würde. Allerdings war sie eine verlässliche Angestellte und obwohl der Veterinär nicht mit allem einverstanden war, was die Frau so veranstaltete, konnte er sich doch keine loyalere Helferin vorstellen. Aber heute Morgen war da noch etwas anderes! Noch immer stand Frau Südermann im Türrahmen und dünstete Rosenwasser aus. Der Tierarzt sah sie auf einmal in einem völlig anderen Licht. Der Stoff ihrer Bluse, die sie unter ihrer Arbeitskleidung trug, spannte etwas in Höhe ihres Busens. Georg starrte zwar nur wenige Sekunden in die besagte Richtung, aber das reichte schon, um bei ihm eine massive Erektion auszulösen, die Gott sei Dank durch seinen dunkelblauen Kittel kaschiert wurde. In Gedanken besorgte er es Frau Südermann gerade auf dem stählernen Behandlungstisch, auf dem er tagtäglich seine tierischen Patienten untersuchte. Doch dann riss ihn die Achtundvierzigjährige abrupt aus seinen alles andere als jugendfreien Tagträumen. »So Chef, als erstes schicke ich Ihnen Frau Schmitz mit ihrer Katze Mietzi rein. Das arme Tierchen hat wieder mal entzündete Augen.« Georg nickte, während er sich den Impfpass anschaute. »Apropos Augen«, bemerkte die Angestellte mit einem leichten Lächeln. »Wann zum Teufel haben Sie sich denn Ihre Augen lasern lassen, Chef? Mir ist vorhin schon aufgefallen, dass Sie gar keine Brille mehr zum Lesen brauchen oder haben Sie sich etwa Kontaktlinsen besorgt?« Georg wusste nicht, was er daraufhin entgegnen sollte, aber zeitgleich winkte seine Mitarbeiterin auch schon Frau Schmitz herbei, die mit gequältem Gesicht und einer Kunststoffbox auf den Knien bereits im Vorraum gewartet hatte. Als die Frau mit ihrer Katze das Behandlungszimmer betrat, wurde sie freundlich wie immer von dem Veterinär begrüßt, aber Georg sah der Katzenliebhaberin an, dass sie etwas ungehalten war. »Hallo Herr Doktor, ich habe die ganze Nacht kein Auge zugemacht. Seit vorgestern haben sich Mietzis Augen noch stärker entzündet, da hat auch ihre Salbe nicht geholfen.« Georg versuchte, die Frau zu beruhigen, indem er sie mit sanfter Stimme ansprach. »Machen Sie sich jetzt mal nicht so viele Sorgen, Frau Schmitz. Ich schaue mir ihren Stubentiger gleich mal an.« Gesagt, getan; ohne die geringste Hektik stellte der Tierarzt die Transportbox auf den Edelstahltisch, um danach die Klappe zu öffnen. Eigentlich hätten jetzt sowohl Georg als auch Frau Schmitz erwartet, dass Mietzi gleich herausspringen würde, aber es tat sich nichts, wenn man mal von einem geradezu panischen Fauchen absah. Georg beugte sich etwas vor, um besser in die Box schauen zu können. Im gleichen Moment sprang die Katze dem Mann geradewegs mitten ins Gesicht. Frau Schmitz schrie entsetzt auf, als ihre Hauskatze den Veterinär attackierte. Die sonst so gutmütige und zumeist völlig entspannte Perserkatze mutierte regelrecht zu einem Raubtier. Nach der Attacke stand das Biest wild fauchend vor seiner Transportkiste auf dem

Edelstahltisch, machte einen sogenannten Katzenbuckel und starrte ihren neuen Todfeind aus ihren verkrusteten Äuglein an, bevor sie es sich wieder in ihrer Box bequem machte. Georg hatte sowohl der Katze als auch ihrer Besitzerin den Rücken zugedreht. Dieses Vieh hatte nicht nur seine rechte Wange übel zugerichtet. Ein Biss oder ein Kratzer hatte zudem sein rechtes Auge in Mitleidenschaft gezogen. »Um Gotteswillen, Herr Doktor. Das hat meine Mietzi ja noch nie gemacht, Jesses Maria!« Georg sagte nichts darauf. Er hielt sich ein Stück Mullbinde vor sein blutendes Gesicht und verließ wortlos den Raum. Die Menschen, die im Wartezimmer saßen, zeigten Reaktionen, die man sich in solch einer Situation nur allzu gut vorstellen kann. Man könnte es irgendwo mit erstauntem Schrecken zusammenfassen, wobei gewiss auch jede Menge Mitgefühl dabei war. Aber die tierischen Patienten zeigten ganz andere Reaktionen. Sie bellten und fauchten, waren zum Teil eingeschüchtert, versteckten sich hinter ihren Herrchen oder Frauchen, weil sie wittern konnten, was oder vielmehr welche Kreatur sich in ihrem Veterinär verbarg.

»Um Gottes Willen, was ist denn mit Ihnen passiert?« Frau Südermann stand der Schrecken ins Gesicht geschrieben, als Georg an ihr vorbeilief. »Schicken Sie die Leute bitte nach Hause«, antwortete Georg ihr beinahe flüsternd, während er sich seine malträtierte Gesichtshälfte zuhielt. Die Tierarzthelferin wollte ihm die Tür aufhalten, doch Georg winkte ab. »Soll ich einen Krankenwagen rufen, Chef?« »Danke Nein, lassen Sie es, Frau Südermann. Ich kümmere mich schon selbst darum. Machen Sie nur neue Termine aus. Bis Morgen!« Georg schaute sie noch nicht einmal mehr an, als er seine Praxis verließ. Als der Tierarzt in seinen Wagen stieg, rief ihm seine Angestellte noch irgendetwas hinterher, was er aber nicht mehr mitbekam. Georg wollte weder zum Arzt noch ins nahe gelegene Krankenhaus. So fuhr er auf direktem Weg in seine Wohnung, denn er wusste, dass er noch einiges zu erledigen hatte, bevor die Dämmerung einsetzen würde.

Eine halbe Stunde später waren seine Gesichtsverletzungen größtenteils verheilt. Das rechte Auge juckte noch ein bisschen, aber der Biss und die tiefen Kratzer von Mietzis Krallen waren auf sonderbare Art und Weise verschwunden. Georg wunderte sich darüber nur kurz, denn er hatte sich mittlerweile seinem Schicksal ergeben. Doch wie sollte es jetzt mit ihm weitergehen? Als „Varcolac", also als Werwolf, würde er nur Schaden und Leid über seine Mitmenschen bringen. Wie konnte er nur sein Umfeld vor der Bestie schützen, die in ihm schlummerte? Georg las das kleine Büchlein in der Hoffnung, einen Ausweg aus der Misere zu finden, aber leider ohne Erfolg. Er überlegte und überlegte, während er eine Zigarette nach der anderen rauchte. Dann läutete sein Telefon. Frau Südermann wollte sich nach seinem Befinden erkundigen. »Hallo Chef, ... wie geht's Ihnen? Waren Sie im Krankenhaus?« Ihre Stimme zitterte etwas, während sie ihren Arbeitgeber freundlich zutextete. Sie meinte es gut und ihre Anteilnahme war sicherlich nicht gespielt. Georg freute sich über ihren Anruf, das musste er sich selbst eingestehen. Auf dieser Welt gab es nur wenige Menschen, die so loyal zu ihm waren wie seine Tierarzthelferin. Das rechnete er der Frau hoch an, aber er hatte immer auf eine professionelle Distanz bestanden. Eine zu innige Freundschaft konnte schließlich irgendwann zu unnötigen Komplikationen führen. »Chef; der zweite Grund, warum ich mich bei Ihnen melde. Die Kriminalpolizei hat in der Praxis angerufen, kurz nachdem Sie gegangen sind. Es ist etwas Schreckliches passiert. Die junge Frau Kunze, die gestern Abend noch bei uns war, ... ist tot! Ihr neuer Hund muss sie letzte Nacht angefallen haben. Können Sie sich so was erklären?« Frau Südermanns Stimme überschlug sich jetzt beinahe, während sie weiterredete. »Dieser Wolfsmischling muss völlig durchgedreht sein. Die arme Frau, ... das Vieh wurde jedenfalls sichergestellt; ins örtliche Tierheim gebracht, um morgen früh dort eingeschläfert zu werden. Wie konnte das nur passieren? Dieser Lupo machte doch wirklich einen zahmen Eindruck. Was meinen Sie dazu, Chef?« Georg versuchte am Telefon überrascht, wenn nicht sogar geschockt zu wirken. »Das ging schnell«, dachte er sich, nachdem er aufgelegt hatte. Jetzt war es nur eine Frage der Zeit, bis die Kripo ihn zu der Sache vernehmen würde. Vielleicht sollte er ihnen zuvorkommen, indem er sich einfach das Leben nahm. Zumindest konnte die Bestie in ihm dann nicht mehr töten. Georg hatte keine Angst vor dem Tod, allerdings vor dem Sterben an sich. So überlegte er eine Zeit lang, wie er es denn am schmerzlosesten anstellen könnte. Sollte er sich an einem massiven Balken aufhängen? Unten im Gemeinschaftskeller vielleicht? Nein, sicherlich nicht! Georg stellte sich bildhaft vor, wie ungeheuer peinlich es wohl wäre, wenn ihn jemand an einem Strick pendelnd, unverhofft finden würde. Der Anblick eines Strangulierten würde er keinem wünschen. Allein der Urin und nicht zuletzt der Kot, den die Erhängten während dieser Art des Suizids absetzten, waren für ihn ein ganz klares Ausschlusskriterium hinsichtlich seines geplanten Selbstmords. Vorjahren hätte er es sich in seinem Wagen bequem gemacht, um bei geschlossener Garage und laufendem Motor entspannt den sprichwörtlichen Löffel abzugeben. Diese Zeiten waren allerdings lange vorbei, denn der eingebaute Katalysator würde sein Vorhaben zunichtemachen.

Vor mehr als dreißig Jahren hätte das noch funktioniert, aber heutzutage war der minimale Kohlenmonoxid-Gehalt im Abgas moderner Autos nicht mehr dafür geeignet, über den Jordan zu kommen. »Zu schade«, dachte er sich wehmütig. Georgs Onkel Fred hatte sich doch damals auf diese Art und Weise umgebracht. Durch die Kohlenmonoxidvergiftung schlief er einfach für alle Zeiten ein. Als seine Angehörigen ihn schließlich in der Garage fanden, machte Fred, der mausetot war, noch einen recht friedlichen, wenn nicht sogar „gesunden" Eindruck. Sein Gesicht, das zu seinen Lebzeiten ständig bleich gewesen war, hatte bei seinem Auffinden einen beinahe kirschroten Teint. »Scheiß-Katalysatoren«, dachte sich Georg kurz, denn diese Möglichkeit, zur Hölle zu fahren, erübrigte sich leider für ihn. Nachdem er sich über Gift oder Schlaftabletten so einige Gedanken gemacht hatte, beschloss er, sich ein warmes Bad einzulassen. So stellte er sich vor, wie es wohl wäre, sich in entspannter, fast schon heimeliger Atmosphäre die Pulsadern aufzuschneiden. Natürlich in Längsrichtung und nicht stümperhaft quer, wie es nur diejenigen machten, die eigentlich gar nicht ernsthaft aus dem Leben treten wollten. Das schaumige Badewasser würde sich sicherlich in Windeseile rot färben, aber schmerzten die Wunden nicht, wenn er die Klinge einsetzte? Als er sich diese Art des Ablebens bildhaft vorstellte, bekam er unwillkürlich eine Gänsehaut. Trotzdem durchsuchte er seine halbe Wohnung nach Rasierklingen, allerdings war er eigentlich erleichtert, dass er keine fand. Kein Wunder, denn schließlich rasierte er sich seit etlichen Jahren ausschließlich trocken. Nur ein altes rostiges Teppichmesser, das in einer Schublade hauste, bot sich dem angehenden Selbstmörder blitzend an, aber je mehr Georg darüber nachdachte, desto unsicherer wurde er in seiner Planung. Wenn er es heute noch nicht fertigbrachte, sich umzubringen, würde er sich für kommende Nacht eine andere Lösung suchen müssen. Georg war sich zumindest klar darüber, dass er morgen früh kein weiteres Opfer beklagen wollte. In seiner kleinen Mietwohnung konnte er sich nirgends zurückziehen, wenn es … und davon ging er aus … in ein paar Stunden über ihn kommen würde. Noch spürte er keine Veränderung, noch war er Herr seiner Sinne, aber das würde sich mit an Sicherheit grenzender Wahrscheinlichkeit im Laufe der Nacht ändern. Georg brauchte ein Refugium, einen sicheren Rückzugsort, von dem er keine Gefahr für andere oder für sich selbst darstellen konnte.

Zwei Stunden später fesselte er sich mit überbreiten Kabelbindern an die stählernen Beine seines Behandlungstisches. Ein Freund von ihm hatte die Beine vor einigen Jahren einfach einzementiert, da sich Schrauben mit der Zeit lösen konnten. Diese

massive, fast schon überdimensionierte Metall-
konstruktion hatte schließlich auch schon Bernhar-
diner oder nervöse Doggen ausgehalten. Insofern
würde sie auch seine innere Bestie in ihre Schran-
ken weisen können. Georg hatte sich zuvor noch
ein paar Stuhlkissen aus dem Wartezimmer mit-
genommen, damit er nicht allzu unbequem auf der
Edelstahlplatte nächtigen musste. Kurz vor dem
Einschlafen fühlte sich der Tierarzt entspannt, ja
fast schon behütet. Seine Kehle war zwar trocken
und wie gerne hätte er jetzt ein Glas Wasser getrun-
ken, aber er durfte sich nun nicht mehr selbst
befreien, denn schließlich zeigte sich draußen der
Vollmond in seiner ganzen Pracht. Irgendwann
würde das ominöse Fieber gewiss einsetzen,
demzufolge wollte er kein Risiko mehr eingehen.

Der Veterinär war kaum eingeschlafen, als die Albträume begannen. Er war ein gigantisches Kroko-
dil, das mit einer ganzen Herde Nilpferde im afrika-
nischen Okavango-Delta kämpfte. Trotz der
immensen Stärke hatte das Reptil respektive er
selbst gegen den alten Hippobullen nicht den
Hauch einer Chance. Er wurde regelrecht durch-
gekaut, doch er konnte nicht sterben. Sobald der
geradezu epische Kampf zu Ende war, begann er
wieder von Neuem. Eine Endlosschleife der Pein,
ohne die Möglichkeit, sich daraus befreien zu
können. »Oh Herr, lass mich erwachen«, stöhnte

der Tierarzt mit Tränen in den Augen, aber der Albtraum hatte Georg fest im Griff. Fieberschübe und schwere Krämpfe wüteten in ihm. Er hatte das Gefühl, als ob sich sein Körper komplett verformen würde. Dabei wurde sein Innerstes gewissermaßen nach außen gestülpt. Sämtliche seiner Knochen brachen und wuchsen augenblicklich wieder zusammen. Sein Schädel brach und sein Kiefer brannte wie Feuer. Alles war so realistisch und tat furchtbar weh. Danach sah Georg in seinem Traum Frau Südermann vor sich, die sich völlig entsetzt vor ihm in Sicherheit bringen wollte. Sie rannte an der Patientenannahme vorbei und war nur gut und gerne zwei Meter von der Außentür entfernt, als er sie von hinten zu Boden riss. Die Tierarzthelferin schrie wie am Spieß, während das pelzige Untier knurrend über ihr kauerte. Seine riesigen Pranken hielten ihre ausgestreckten Arme fest am Boden, und als die Frau merkte, dass das Monster ihr nicht den geringsten Bewegungsspielraum ließ, hörte sie auch mit dem hysterischen Schreien auf, um nur noch leise zu wimmern. Georg sah sich selbst auf seiner Angestellten knien, während die Tierarzthelferin leise schluchzend auf ihn einredete. Sie hatte ihn erkannt. Trotz seiner Verwandlung zu diesem zotteligen Vieh wusste die Frau, dass er es war. Es konnten nur seine Augen gewesen sein, die ihn verraten hatten. Er beugte seinen riesigen Wolfskopf hinunter, gerade so, als ob er sie küssen wollte. Frau Südermann trug in seinem Traum auch diese enge Bluse, die ihm heute Morgen schon ins Auge gefallen war. Georg schaute langsam von ihrem Gesicht zu ihrer Brust, die bei der Frau, die auf dem Rücken lag, natürlich um einiges kleiner wirkte. Lange Speichelfäden arbeiteten sich langsam aus seinem halbaufgerissenen Maul und tropften seinem Opfer gemächlich auf Hals und Dekolleté. »Bitte Chef, tun Sie das nicht, tun Sie mir nicht weh, bitte Chef.« Wie ein Mantra wiederholte Frau Südermann es immer wieder, bis Georg nicht anders konnte. Ihre vielen Worte brannten in seinen Wolfsohren wie Feuer. Er musste etwas tun, um ihren Redefluss zu stoppen. Sie sollte endlich still sein. Jeder ihrer Schluchzer verursachte ihm körperliche Schmerzen. So biss er seiner überaus loyalen Mitarbeiterin urplötzlich in den Hals, um ihr den Kehlkopf herauszureißen. Danach verfiel er in einen Blutrausch. Frau Südermann hatte ihr persönliches Martyrium schnell hinter sich. In Georgs Albtraum sah die großgewachsene Angestellte bald so aus, als ob sie in Windeseile in fast mundgerechte Häppchen geschreddert worden wäre.

Es war noch dunkel, als der Tierarzt erwachte. Er lag in der Embryonalstellung auf der Edelstahlplatte des Behandlungstisches, nuckelte am Daumen und war überaus erleichtert, dass seine bösen Träume sich in Luft aufgelöst hatten. Jetzt musste er sich nur noch …»Verfluchte Kacke!« Georg schrie diese beiden Worte in aller Verzweiflung in den abgedunkelten Raum. Er war völlig nackt und die beiden Kabelbinder lagen durchgebissen vor ihm auf dem Boden. Panisch sprang er vom Edelstahltisch herunter und schwankte langsam auf die Tür zu, die einen Spalt weit offenstand. Georg hatte eine Heidenangst vor dem, was er gleich zu sehen bekäme. Beinahe panisch trat er zögernd aus dem Behandlungszimmer. Dabei bestand für seine Angst ja eigentlich kein Grund, denn das Monster, vor dem er sich fürchtete, hatte sich höchstwahrscheinlich wieder zurückgezogen. Dann sah er sie dort liegen oder vielmehr ihren blutbeschmierten Schädel, der wie eine Jagdtrophäe auf der alten Besucherwaage drapiert worden war. Dreitausendfünfhundertfünfzig Gramm zeigte die Waage an, die sonst nur zur Gewichtsfeststellung seiner tierischen Patienten diente. Wieder hatte der Tierarzt das Gefühl, sich gleich übergeben zu müssen, als er das ganze verschmierte Blut und all die Knochenfragmente und Fleischfetzen vor sich sah. Es war wieder passiert, obwohl er doch Vorkehrungen getroffen hatte. Georg lehnte sich verzweifelt gegen eine Wand und versuchte nicht durchzudrehen. Was in Dreiteufelsnamen hatte Frau Südermann denn auch nachts hier zu suchen? Als Georg sich halbwegs gefangen hatte, sah er die beiden aufgeschlagenen Aktenordner auf dem Annahmetresen liegen. Komischerweise stand auf ihnen das Gleiche, nur der Inhalt beziehungsweise die Kassenabrechnungen differierten. »Verfluchter Mist, das hätte ich wirklich nicht von Ihnen gedacht, Frau Südermann«, flüsterte der Tierarzt vorwurfsvoll in Richtung des abgerissenen Kopfes. Über diese doppelte Buchführung hatte sie ihren Arbeitgeber also betrogen. »Pfui, schämen Sie sich«, fügte der Veterinär noch leise hinzu. Allerdings waren frisierte Kassenabrechnungen derzeit Georgs geringstes Problem. Trotzdem verglich der Veterinär ein paar nachträglich korrigierte Belege, während er immer wieder von der Zettelwirtschaft zu dem blutigen Schädel schaute. Er war schlicht und ergreifend dabei verrückt zu werden. Vielleicht erwartete Georg sogar, dass Frau Südermann sich für ihren Betrug an ihm entschuldigen würde. In seiner durchgeknallten Fantasie vernahm er ein jämmerliches »Sorry Chef« aus dem schmerzlich verzerrten Gesicht seiner ehemaligen Angestellten. Das reichte ihm aber nicht. Dass sie ihn bestohlen hatte, konnte sie mit einer lapidaren Entschuldigung nicht so einfach gutmachen. In dem Moment fühlte er sich selbst kein bisschen verantwortlich für ihren grausamen Tod. Langsam, fast schon schleichend bewegte sich der Tiermediziner auf die Besucherwaage zu. Dann, so ungefähr drei Meter davor, nahm er abrupt Anlauf, um den

Frauenkopf in ein imaginäres Fußballtor auf der anderen Seite des Wartezimmers zu befördern. Der Schädel hob ab, flog nach Georgs festem Tritt gegen die gegenüberliegende Wand und verkantete sich dann an den Beinen eines Besucherstuhls. Nun sah es so aus, als wollte dieses malträtierte Haupt seiner ehemaligen Angestellten ihn geradezu anlächeln. Vom Boden aus starrten ihre hervorstehenden Augen direkt in seine Richtung, und der aufgerissene Mund schien ihn beinahe anfeuern zu wollen. „TOR!" Georg musste laut lachen. Es war ein vollkommen irres Lachen, das da aus seiner Kehle kam. An ihm war so gar nichts Menschliches. Dieses höhnische, dreckige, verächtliche Grölen hatte nicht das Geringste mit dem emphatischen Tierarzt gemein. Es war die blutrünstige Bestie, die sich in seinem Innersten häuslich eingerichtet hatte, um dabei seine gute Seele nach und nach zu vergiften. Georg funktionierte jetzt nur noch. Wie in Trance suchte er sich langsam seine Klamotten zusammen, aber dann, als ob ihn eine unsichtbare Kraft antreiben würde, beeilte er sich mit allem, was er tat. Denn schließlich musste er noch einiges erledigen, bevor der Morgen graute. Ehe er seine Tierarztpraxis verließ, beschrieb er noch eine Infotafel, die er von innen am Fenster zur Straße hin, befestigte. „WEGEN EINES TRAUERFALLS BLEIBT DIE PRAXIS BIS AUF WEITERES GESCHLOSSEN!", hatte er in Großbuchstaben darauf geschrieben. Das war auch nicht gelogen, denn irgendwer würde Frau Südermann ganz bestimmt betrauern, da war sich Georg ziemlich sicher. Der Veterinär war schließlich auch betrübt, allerdings trauerte er eher seiner gutgehenden Tierarztpraxis nach und überlegte um wie viel Geld, seine Angestellte ihn wohl im Laufe der Jahre betrogen haben könnte. Eine halbe Stunde später, stand der Mann in seiner kleinen Wohnung und dachte angestrengt nach, ob er nicht noch etwas vergessen hätte. Seine Tasche war gepackt und sein Wagen vollgetankt. Gerade noch hatte er gegoogelt, ob man auf der Reise zu seinem Zielort einen Pass bräuchte, aber Gott sei Dank reichte derzeit auch sein Personalausweis völlig aus. Nachdem er seine Wohnungstür hinter sich verschlossen hatte, rannte er im Halbdunkel die Haustreppe hinunter, sprang in seinen alten VW Passat und brauste mit quietschenden Reifen davon. Eigentlich hatte Georg die Lichter der Stadt schon hinter sich gelassen, doch bevor es auf die Schnellstraße ging, stoppte er den Wagen, drehte um und fuhr zurück. Jetzt hätte er doch fast etwas vergessen, was er sich im Nachhinein wohl nur schwer verzeihen könnte. Hoffentlich war es noch nicht zu spät.

Der Morgen graute bereits, als er vor den maroden Zwingeranlagen stehenblieb. Sobald er seinen Wagen verlassen hatte, war von überallher Winseln,

Jaulen und Bellen zu vernehmen. Gerade kam ein stämmiger Kerl aus dem Halbdunkel und ging direkt auf ihn zu. Georg musste jetzt noch resoluter wirken als dieser Mann, von dem er nicht wusste, ob er ein Tierheimmitarbeiter oder einfach der Nachtwächter war. Nein, es musste sich um den Angestellten irgendeiner Sicherheitsfirma handeln, denn seine Fantasieuniform sprach eindeutig dafür. »Ich soll von Amts wegen den Wolfsmischling mitnehmen, um ihn in der Amtstierarztpraxis einzuschläfern. So hat es schließlich das Gericht beschlossen und angeordnet.« Georg pokerte hoch, aber er wusste, dass die Worte: „Amt, Angeordnet und Gericht" bei diesen uniformierten Menschen meistens gut ankamen. Um das Gesagte noch zu unterstreichen, zeigte Georg auf das „Veterinär im Dienst"-Schild, das hinter der Windschutzscheibe seines Autos klebte. Dass der Aufpasser nicht noch vor dem Tierarzt salutierte, war schlicht und ergreifend ein Wunder. »Sicher, Herr Doktor, … kommen Sie … da vorne in der Box befindet sich ihr Todeskandidat. Wenn Sie möchten, wuchte ich Ihnen diesen Killer mitsamt seiner Hundebox in ihren Kombi. Nicht, dass Sie noch von dem Drecksvieh gebissen werden. Um Mitternacht musste ich dem Köter schon eine überziehen, weil er die anderen Hunde mit seinem Geheule völlig verrückt gemacht hat, Herr Doktor. Es war aber nicht der einzige und wird auch nicht die letzte

Töle sein, die ich maßregeln muss!« Grenzdebil grinsend und auf seinen Hartholzknüppel zeigend, schaute der Mann in seiner komischen Uniform zu Georg, der auf diese Aussage hin nur kurz nickte. Nachdem die beiden Männer den unschuldigen Lupo mitsamt seiner stabilen Box in den Passat Kombi gewuchtet hatten, bedankte sich Georg noch auf seine eigene Art und Weise. Er winkte den Wächter zu sich, zog seine Geldbörse aus seiner Hosentasche, nahm einen Zwanzigeuroschein heraus und hielt das Geld dem Mann regelrecht vor die Nase. »Wie ein Pferd, das nach einer Karotte schnappt«, dachte der Tierarzt, während der Aufpasser nach dem Geldschein greifen wollte. Georg griff währenddessen nach dem Knüppel, um damit wie ein Besessener auf den sadistischen Wächter einzudreschen. Der Veterinär war außer sich, er schlug und schlug immer wieder zu, bis der völlig verdutzte Tierquäler leblos auf dem Boden lag. Mit dem Gesicht, das mittlerweile aussah wie ein umgepflügter Kartoffelacker, würde ihn selbst seine Mutter nicht mehr erkennen. Nun ja, zumindest war er noch in einem Stück, was man von Frau Südermann und Frau Kunze nicht unbedingt behaupten konnte. Einen Moment lang hatte Georg das dumpfe Gefühl, sich während seiner Prügelattacke verwandeln zu müssen, aber die Metamorphose blieb aus. Nachdem der Tierarzt den Erschlagenen notdürftig versteckt hatte, griff er sich noch eine Leine, ein Halsband und einen Maulkorb. Dann fuhr er vom Hof, während es sich Lupo leise winselnd in der großen Hundebox bequem machte. »Wir fahren in die Heimat, mein Guter! Ich hätte nie zugelassen, dass sie dich umbringen, denn schließlich trägst du keine Schuld daran was geschehen ist!« Lupo bellte kurz, wahrscheinlich war er einfach nur froh, dass jemand mit ihm redete. Endlich wurde er weder angeschrien noch geschlagen. Der Wolfsmischling witterte, dass Georg ihm nichts zuleide tun würde. Momentan roch der ältere Mann ausgesprochen nach „Mensch". Insofern könnte sich Lupo auch entspannen, aber was würde wohl passieren, wenn das magische Fieber wieder ausbrach. Lupo machte sich darüber noch keine Gedanken, denn schließlich lebte er wie alle Hunde und deren Vorfahren nur im Hier und Jetzt.

Während der anstrengenden Autofahrt, die circa 18 Stunden dauerte, überlegte sich Georg, was er denn wohl machen sollte, wenn das schlimme Fieber plötzlich ausbrechen würde. Keine Frage, bei den ersten Anzeichen müsste er irgendwo anhalten, um dann zu laufen, und zwar so schnell und so weit weg wie nur irgend möglich. Gott sei Dank blieb die Verwandlung beim Autofahren aus. Nach jedem Tankstopp suchte sich der Tierarzt einen menschenleeren Rastplatz, um sich ein wenig die

Beine zu vertreten. Natürlich mussten sich Mensch und Hund auch dann und wann erleichtern. Lupo ließ sich wider Erwarten sowohl das Halsband als auch die Leine anlegen, damit auch er sich die Pfoten vertreten konnte. Der Vierbeiner war überaus glücklich, wenigstens ein paar Minuten aus der Hundebox herauszukommen, und blieb daher brav, ohne zu knurren. Irgendwann verließen sie die Autobahn und in der Nähe der Stadt Brasov machte sich Georg so seine Gedanken. Werwölfe hatten die meisten Touristen nicht auf dem Schirm, wenn sie nach Siebenbürgen reisten. Ein irischer Schriftsteller namens Bram Stoker hatte durch seinen Roman „Dracula" ganz Transsilvanien in eine Geisterbahn verwandelt. Das aber auch im positiven Sinne, denn die Urlauber brachten jede Menge Geld in das nach wie vor arme Land. Es gab alles Mögliche an kitschigen Souvenirs von Dracula und seinen „Strigoi" und zwar an jeder Straßenecke. Überall war der berühmte Blutsauger präsent. Auch das Schloss Bran, das südwestlich von Brasov liegt, profitiert ungemein von dem Mythos des Grafen. Alljährlich werden dort nach wie vor mondäne Halloween-Partys gefeiert. Die Besucherzahlen, wie auch die Eintrittspreise steigen stetig, obwohl das Schloss doch so gar nichts mit dem realen Vorbild Draculas zu tun hat. Georg musste schmunzeln, als er darüber philosophierte. Vlad III., der höchstwahrscheinlich die inspirierende

Blaupause für Bram Stokers Romanfigur darstellte, hatte niemals dort gelebt, aber darum ging es irgendwann auch nicht mehr. Die Leute, die hierherkamen, wollten sich in erster Linie komfortabel gruseln, was man von der ursprünglichen Bevölkerung nicht unbedingt behaupten konnte. Denn im Gegensatz zu den devisenbringenden Touristen wussten die Ansässigen der kleinen abgeschiedenen Bergdörfer doch einiges mehr. Nicht alles war fiktiv und ausgedacht. Einige Mythen und Schauergeschichten hatten ihren Ursprung durchaus in der Realität. Keinem Menschen war das derzeit so klar wie Georg, der seinen alten Kombi auf der dunklen Landstraße erneut beschleunigte. Nun waren es noch ungefähr fünf Kilometer bis zu seinem Zielort. Der Veterinär hatte die Koordinaten in sein Smartphone eingegeben. Er befand sich nun südlich der Burg Poenari, in der „Vlad der Pfähler" wirklich gelebt hatte. Die Burg war nur noch eine Ruine und im Gegensatz zu Schloss Bran für Gruseltourismus bei weitem nicht so profitabel. »Ein Werwolf unterwegs auf den Spuren des Oberblutsaugers«, dachte sich Georg, während Lupo leise zu winseln begann. Dort in diesem kleinen Hundertseelendorf, wohnte noch ein Cousin, namens Eugen Albert, den er während seiner letzten Rast telefonisch erreicht hatte. Das Ferngespräch gestaltete sich ziemlich holprig, aber nachdem sich die beiden Männer auf eine Mischung aus

Deutsch und Englisch geeinigt hatten, funktionierte die Konversation zumindest einigermaßen. Jedenfalls freute sich Eugen, endlich einmal Besuch aus Deutschland zu bekommen.

Der ältere Mann, der als Einsiedler in einer kleinen Hütte am Waldrand lebte, hatte nur sehr selten Gäste, wenn man mal von einem befreundeten Schafscherer absah, der dann und wann vorbeikam, um Eugen mit seinen Lämmern zu helfen. Meistens endeten solche Treffen feuchtfröhlich, da die beiden Männer dem hochprozentigen Pflaumenschnaps, dem sogenannten „Tuica", keinesfalls abgeneigt waren. Eugen fackelte nicht lange, nachdem er von seinem nahenden Besuch wusste. Schnell fegte er den Holzboden und richtete seinem entfernten Verwandten ein Bettlager, das aus einer alten Matratze bestand, auf die er einfach mehrere Schafsfelle legte. Von der Lammkeule, die er gestern gegrillt hatte, war ja schließlich auch noch etwas übrig. Insofern würde sich der Mann aus Deutschland wohl kaum über die weltbekannte rumänische Gastfreundschaft beschweren können.

Lupo winselte erneut. »Es ist ja nicht mehr weit. Bald darfst du aus der Box. Hab noch ein bisschen Geduld, dann kannst du dein Bächlein machen, mein Wölfchen!« Doch der Wolfsmischling heulte nur noch lauter. »Okay, okay, ich halte ja schon an

und lass dich Pipi machen, jetzt hör damit auf …
ruhig jetzt!« Georg fuhr an den unbefestigten Stra-
ßenrand, um dort kurz anzuhalten. Nachdem er
ausgestiegen war, öffnete er die Heckklappe des
Autos und ließ Lupo aus seiner Hundebox. Eigentlich wollte der Tierarzt den Vierbeiner an die Leine
nehmen, aber Lupo sprang aus dem Wagen,
knurrte kurz, um dann sofort in Richtung Waldrand zu laufen. »Verdammt, hierher, komm zurück
… Hiiiier … Lupo, komm hierher!« Überrumpelt
und ungläubig schaute Georg ins Dunkel der
Nacht. Doch dann spürte er, was Lupo schon
Minuten zuvor gewittert hatte. Der Veterinär tor-
kelte unter Krämpfen, bevor er zu Boden fiel.

Einige Zeit später nährte sich eine zottelige Gestalt
einer kleinen Hütte. Angelockt durch das Blöken
der Schafe schlich der Werwolf um das Häuschen
herum, aus dessen winzigen Fenstern flackerndes
Kerzenlicht nach draußen schien. Das Monster
roch einen Menschen in unmittelbarer Nähe. Ein
Tier der Gattung „Canis Lupus" hätte gehörigen
Abstand zu Leuten gehalten, aber Werwölfe waren
nicht darauf aus, Lämmer oder Schafe zu fressen.
Stattdessen bevorzugten sie Menschenfleisch.
Gerade entschied sich das Ungetüm, in Richtung
Tür zu sprinten, da wurde die auch schon von
innen aufgerissen. Im Türrahmen stand ein Mann,
der überaus entschlossen wirkte. Es waren nur

noch wenige Meter, die den Werwolf von seinem nächsten Opfer trennten, doch dann gab es einen lauten Knall. Nur Sekunden danach fiel das zottelige Untier unmittelbar vor dem Schützen auf die harte Erde. Kurze Zeit später verwandelte sich die Gestalt in das, was sie davor gewesen war. Zusammengerollt, in Embryonalstellung und mit einem riesigen Loch in der Brust lag der Veterinär vor seinem rumänischen Cousin, der sein Gewehr gemächlich zur Seite legte. Der Mann ahnte nicht, wen er erschossen hatte. Allerdings wusste er durchaus, was er gerade getötet hatte. Es war nicht der erste Werwolf, der hier in der Gegend sein Unwesen trieb und es würde auch nicht der letzte sein.

Das Letzte, was Georg noch mitbekam, war ein geradezu hämisches Lachen, das immer lauter und schriller zu werden schien und von klassischer Musik begleitet wurde. Als der Tierarzt langsam erwachte, stellte er fest, dass es kein Lachen, sondern nur sein Telefon war, das unaufhörlich vor sich hin bimmelte. Fluchend wuchtete sich der Veterinär vom Sofa, um den Anruf entgegenzunehmen. In der gleichen Sekunde, in der er das tat, hatte er seinen gerade durchlebten Albtraum bereits wieder vergessen. Er wusste zwar, dass er schlecht geträumt hatte, aber mehr auch nicht.

Es war Frau Kunze, die ihn anrief, um sich nach seinem Befinden zu erkundigen. Gerade hätte sie eine Flasche Rotwein geöffnet und würde sich wirklich freuen, wenn er noch auf einen Schluck vorbeikäme. Draußen war es sternenklar und der Vollmond schob sich hinter den Wolken hervor, als Georg nach seinem Autoschlüssel griff.

3. Schwester Jaqueline

Lächelnd betrachtete sie sich die WhatsApp-Message ihres neuen Freundes, die soeben auf ihrem Smartphone angekommen war. Natürlich wollte sie nun eine ebenso süße Nachricht zurücksenden, da läutete die Klingel von Zimmer 17 Sturm. Sichtlich genervt ignorierte sie das Notsignal und setzte sich auf einen Stuhl im Schwesternzimmer, um die Unterhaltung mit „ihrem" Zahnarzt fortsetzen zu können. Jaqueline konnte sich nur nicht entscheiden. Sollte sie das romantische Kurzvideo mit den knutschenden Katzenkindern zurückschicken oder reichte auch ein simples Kusssmiley? Wieder schrillte die Klingel. Egal, sie würde jetzt erst mal ihren Fotoordner nach diesem tollen Katzenvideo durchsuchen. Schließlich war die Liebe zu ihrem Sascha noch frisch, daher musste jede Nachricht noch etwas ganz Besonderes sein. Als Jaqueline die schmusenden Katzen endlich fand, klingelte es schon wieder. »Klingelt doch, bis euch die Finger abfallen, ihr blöden Patienten«, dachte die Nachtschwester und blieb überaus entspannt auf ihrem Stuhl sitzen. In aller Seelenruhe schaute sich die junge Krankenschwester den Chatverlauf auf ihrem Handy an, wobei sie sich weder von den roten Signallampen noch vom Dauergeklingel beeinflussen ließ. Jetzt meldete sich auch noch Zimmer 19. »Verdammt Nochmal. Schlaft doch gefälligst und geht mir nicht auf den Zeiger!« Manchmal hätte Jaqueline diese Nervensägen nur allzu gerne ruhiggestellt. Am liebsten für immer. Sie war wieder mal allein auf Station und hatte bei ihrem heutigen Dienstbeginn bereits ein komisches Gefühl. Diese Nachtschicht hatte es wirklich in sich. Eine typische Vollmondnacht eben. Da es gerade wieder läutete, bequemte sich Jaqueline nun langsam aus dem Schwesternzimmer, um dann doch einen Blick auf ihre unruhigen Patienten zu werfen. Leise betrat sie Zimmer 17, um nach ihrem ersten Störenfried zu sehen. Im Halbdunkel schaute Jaqueline von einem Bett zum andern. Im Krankenzimmer bewegte sich nichts. Die drei Betten standen mehr oder minder lieblos verteilt im Raum. Neben den Krankenbetten befanden sich kleinere Rollschränkchen, die gerade so weit entfernt von den Ruhestätten platziert waren, dass die Kranken das darauf abgestellte Wasser absurderweise nur mit Hilfe und Wohlwollen der Pflegekräfte erreichen konnten. Jaqueline erblickte den herunterhängenden Arm eines Patienten. Daneben lag der Signalgeber auf dem Boden. Die Nachtschwester hob die Klingel auf, um sie unerreichbar auf dem Schränkchen zu platzieren. Der alte Mann würde heute Nacht nicht mehr klingeln. Es sei denn, sein Arm hätte eine Teleskopfunktion. Bei dem

Gedanken an einen ausfahrbaren Teleskoparm oder anderer Körperteile, die sich in ihrer Länge verändern konnten, musste die junge Schwester schmunzeln. Dann verließ sie ihre schlafenden Schützlinge. In etwa oder eher genauso, verfuhr sie auch mit dem anderen Störer aus Zimmer 19. Auch dort stellte sie erstmal die Klingeln sicher, bevor die letzten Stunden ihrer Nachtschicht noch in Stress ausarteten.

Am Morgen, als ihre Schichtablösung kam, fühlte sie sich todmüde und wollte nur noch nach Hause. Deshalb fand die Übergabe auch mehr oder minder in Zeitraffer statt. Wenn Jaqueline ihren Arbeitsplatz nicht so übereilt verlassen hätte, wäre die eine oder andere Frage ihrer Vorgesetzten nicht auf ihrem Anrufbeantworter gelandet. So hätte Jaqueline, die auch Jacky gerufen wurde, zeitnah vom Ableben des alten Herrn Hillstrand erfahren. Der betagte Mann, der mit zwei weiteren Patienten im Zimmer 17 untergebracht war, starb in dieser Nacht infolge eines schweren Herzinfarktes. Das Letzte, was der Achtundsiebzigjährige noch tun konnte, war, das Notsignal zu betätigen, bevor ihn seine Lebensgeister endgültig verließen. Bei raschem Eingreifen hätte der Mann vielleicht noch eine Überlebenschance gehabt, aber wie gesagt, nur bei schneller und direkter Hilfe. Schwester Jaqueline hörte ihren Anrufbeantworter erst um die Mittagszeit ab. Dass während ihrer Schicht ein Patient das Zeitliche segnete, kümmerte sie nicht die Bohne, und dass Jacky daraufhin zurückrief, könnte ihre Vorgesetzte getrost vergessen. Denn sie hatte heute Abend noch etwas vor, und da das Rasieren ihrer Beine und angrenzender, empfindlicher Körperteile definitiv wichtiger war, ignorierte sie die Sprachnachricht einfach. Schließlich musste sie sich doch richtig „schön" für ihren Liebsten machen.

Ein halbes Jahr später nahm Jacky es mit der Körperpflege nicht mehr so genau. Die Krankenschwester war zwar noch mit ihrem Freund zusammen, aber die heiße Liebe war bereits ein wenig abgekühlt. Kein Wunder eigentlich, denn außer der einen oder anderen Einladung zum Abendessen kam von ihrem Zahnarzt nicht mehr viel. Selbst einen spontan geplanten Urlaub nach Mallorca musste das Paar absagen, da sich Jaquelines Schwiegermutter in spe, zwei Tage vor Reisebeginn den Oberschenkel brach. Sascha stornierte daraufhin den Flug, um für seine Mutter da sein zu können, was die junge Krankenschwester aber keineswegs verstand. Sie hatte ohnehin ein Problem mit der Erzeugerin ihres angehenden Verlobten, aber das würde sie schön für sich behalten.

Doktor Sascha Nidal war ein Einzelkind. Da sein Vater Erich, der früher ebenfalls Mediziner gewesen war, unter kuriosen Umständen und völlig unerwartet ums Leben kam, kümmerte sich Sascha - so gut es eben ging-um seine Mutter Klara. Daher bewohnten beide eine riesige Villa am Stadtrand in hervorragender Lage. Selbst wenn Sascha von heute auf morgen arbeitslos werden würde, hatte Prof. Dr. Dr. Erich Nidal doch bestens für seine Liebsten vorgesorgt. Allein die Tatsache, dass Jacky in eine sehr wohlhabende Familie einheiraten konnte, machte ihren Freund für die junge Frau noch um einiges attraktiver. Alles könnte so einfach sein, wenn da nicht noch seine Mutter wäre. Seit ihrem Sturz wirkte Klara Nidal noch hilfsbedürftiger und wenn sie ihren Sohn anrief, reagierte der gute Junge prompt, das heißt, er trabte ohne langes Zögern bei ihr an. Am Anfang ihrer Beziehung hatte es Jacky nicht wesentlich gestört, dass Sacha so viel nach seiner Mutter fragte. Vieles brachte der hübschen Krankenschwester ja auch Vorteile, denn so war sie sich zumindest sicher, dass sich keine andere Frau in ihre Partnerschaft drängen konnte. Vor ihrem Unfall kochte, wusch und putzte die ältere Dame ohne Unterlass für ihren Sohn. Insofern brauchte sich Jacky nicht auch noch als „Hausfrau" zu betätigen. Ganz ohne schlechtes Gewissen ließ sich die Schwester sogar ihre Arbeitsklamotten von Klara waschen und bügeln. Für ihre Ex-

Freunde hatte Jaqueline schon das eine oder andere Abendessen anbrennen lassen, aber ihrem Lebensgefährten durfte, oder vielmehr musste sie bis dato noch nie etwas auf den Esstisch zaubern. Warum denn auch? Schließlich war doch dieses geschlechterspezifische Rollenverständnis schon seit Jahrzehnten sowas von überholt. Jetzt da Saschas Mutter nicht mehr für ihn kochen konnte, gab es ja immer noch den Lieferdienst oder die Pizzeria um die Ecke. Jacky fand ihre Beziehung nach und nach schon ein wenig ermüdend, denn schließlich konnte die Krankenschwester zwar nicht kochen, dafür gab sie sich aber alle Mühe, dass ihr Freund sie zumindest, während der Honeymoon-Phase allabendlich vernaschen durfte. Dieses Kapitel war allerdings vorüber. Die anspruchsvolle Frau hatte zunehmend das Gefühl, dass von ihrem Freund einfach zu wenig zurückkäme. Da der wohlverdiente Urlaub ins Wasser gefallen war, hätte Sascha ihr doch zumindest eine schöne Kette oder etwas ähnliches, gewissermaßen als Ausgleich für die geplatzte Reise schenken können, aber darauf wartete sie vergebens. Ihre Arbeitskollegin Simona hatte es irgendwie besser getroffen. Einen Monat nachdem Jaqueline mit dem Zahnarzt zusammengekommen war, hatte sich Simona doch glatt den Oberarzt geangelt. Der vierzigjährige Mediziner arbeitete auf derselben Station wie die beiden Krankenschwestern und der Arzt ließ, wie man so schön sagt, „nichts anbrennen". Ganz stolz berichtete Simona noch vor kurzem, dass die Liaison mit dem verheirateten Mann etwas ganz Besonderes wäre und dass er sich wegen seiner tiefen Liebe zu ihr baldmöglichst von seiner Ehefrau trennen würde. Jacky empfand durchaus so etwas wie Neid, als ihre Kollegin ihr das eine oder andere teure Geschenk vor die Nase hielt. Ganz klar, der reife Mann ließ sich nicht lumpen, im Gegensatz zu Doktor Sascha Nidal, der seiner Jaqueline keine großen Präsente mitbrachte. In manchen Augenblicken dachte Jacky daran, sich doch vielleicht partnerschaftlich umorientieren zu müssen. Wahrscheinlich sollte die Beziehung zu ihrem Zahnarzt einfach nicht sein oder zumindest wäre eine kurzzeitige Trennung von Vorteil, denn dann wüsste ihr Freund sie höchstwahrscheinlich wieder zu schätzen. Danach müsste Sascha zumindest mit einem großzügigen Versöhnungsgeschenk bei ihr aufschlagen, damit ihre Liebe neu entflammen könnte. »Männer sollten uns auf Händen tragen! Sie müssen uns wie Königinnen behandeln, das haben wir schließlich verdient!«, sagte Simona irgendwann zu Jaqueline, als die beiden sich vor nicht allzu langer Zeit im Schwesternzimmer trafen. Diese Aussage machte Sascha Nidals Freundin in ihrer derzeitigen Beziehungskrise noch unzufriedener, von der ihr Lebensabschnittsgefährte nicht einmal wusste, dass es sie gab. Dann eines Abends fuhr Jacky zu ihrem

Freund, um ihn vor vollendete Tatsachen zu stellen. Die junge Frau war durch und durch enttäuscht und für sie war glasklar, dass es so nicht weitergehen konnte. Noch vor Monaten trafen sie sich allabendlich in Jackys winziger Dreizimmerwohnung, weil Sascha seine Mutter nicht bei irgendetwas stören wollte, aber nachdem Klara auch noch einen Schlaganfall erlitten hatte, sah sich ihr Sohn mehr oder minder in der Pflicht, sich täglich um seine Mutter zu kümmern. Selbst wenn Jacky in der riesigen Villa der Familie Nidal zu Gast war, konnte von einem entspannten Miteinander keine Rede sein. Immer dann, wenn das Pärchen etwas Zeit miteinander verbringen wollte, ertönte ein schrilles Signal. Wie von der Tarantel gestochen, sprang Sascha daraufhin aus dem Bett und warf sich seinen Bademantel über, um nach seiner Mutter zu sehen. In Jaquelines Ohren klang das Geklingel noch eine Spur penetranter als die Notsignale im Krankenhaus. Am Anfang fand Jacky es sogar komisch, dass sich Saschas Mutter Klara zu einem Klingeljunkie entwickelt hatte, aber mittlerweile ging ihr das fordernde Geläute auch in ihrer Freizeit gehörig auf die Nerven. Was wollte die alte Schachtel denn jetzt schon wieder? Wenn Mutter Klara ihren Sohn aufforderte zu springen, fragte Sascha nur noch „Wie hoch?" Für Jaqueline war diese Situation im Haus ihres Freundes verdammt schwer auszuhalten. Meistens befahl die bettlägerige Frau, dass ihr Sohn ihr etwas Erfrischendes zu Trinken bringen sollte. Klara liebte eisgekühlte Erdbeermilch über alles. Allerdings konnte sie sich nach dem Schlaganfall nicht mehr richtig artikulieren und so wurde aus „Erdbeermilch" so etwas ähnliches wie „Erbärmlich", wenn sie zitternd darum bat oder das Getränk lautstark forderte. Auf der Arbeit machte sich Jacky bei ihrer Kollegin Simona des Öfteren darüber lustig. »Sei gefälligst nicht so Erdbeermilch!«, entwickelte sich innerhalb kürzester Zeit geradezu zu einem Insiderwitz unter den Kolleginnen. Zu allem Überfluss sollte Jacky nun auch noch vier Tage auf die Kranke aufpassen. Sascha musste zu einem Ärztekongress und da Jaqueline zu der Zeit ohnehin Urlaub hatte, könnte sie doch den Pflegedienst übernehmen. Darauf hatte die junge Frau so gar keine Lust, aber am gleichen Abend sah Jacky etwas, das ihre Meinung grundlegend ändern sollte. Klara klingelte wieder Sturm, als die Krankenschwester das Haus betrat. Heute wollte sie mit ihrem Freund endlich Schluss machen, sollte der geizige Kerl doch einen Pflegedienst für seine schrullige Mutter bezahlen, wenn er ihr schon keine Geschenke machte. Als Sascha ihr die Haustür öffnete, wollte sie ihm gleich reinen Wein einschenken, aber der Mann schaute sie noch nicht einmal richtig an. Stattdessen lief er direkt ein Zimmer weiter, wo seine Mutter abwechselnd klingelte und „Erbärmlich" krächzte. Klara Nidal saß in ihrem neuen Rollstuhl und drückte immer wieder den Klingelknopf. Jaqueline, die ihrem designierten Ex-Freund schweigend folgte, glaubte, ihren Augen nicht zu trauen. Mittlerweile wimmernd schaute die alte Frau zu ihrem einzigen Sohn und hielt demonstrativ ein leeres Trinkglas in die Höhe, welches vor nicht allzu langer Zeit noch mit eiskalter Erdbeermilch gefüllt war. Jacky allerdings schaute nicht nach dem Glas. Klara Nidal hatte sich offensichtlich all ihren Schmuck umgehängt. Die kranke Frau war geschmückt wie ein Pfingstochse. Bei den unzähligen Goldketten, die sie sich umgelegt hatte, konnte man den faltigen Hals nur noch erahnen. So viel teurer Schmuck, so viel Gold und so viele Brillanten. Jaqueline hatte solch wunderschöne Halsketten noch nie gesehen. Das musste alles eine Unmenge Geld gekostet haben. Bei all dem Geglitzer war Jacky regelrecht von den Socken. Als Sascha zwischenzeitlich etwas zu ihr sagte, verstand sie seine Worte erst gar nicht, weil der Anblick sie so in seinen Bann gezogen hatte. »Was?«, fragte die Krankenschwester irritiert. Sascha nahm seiner Mutter das leere Glas ab und schaute seine Freundin verwundert an. »Bleib du bitte einen Augenblick hier bei meiner Mama. Weil der Kühlschrank heute seinen Geist aufgegeben hat, muss ich runter ins Kühlhaus. Dort habe ich die Kisten mit der Erdbeermilch verstaut, bis wir einen neuen Kühlschrank geliefert bekommen.« Jacky hörte Saschas

Worte wie durch eine Wand aus Watte. Sie nickte, setzte sich auf einen Stuhl und konnte ihre Augen nicht von dem Gold lassen. Wie gerne hätte sie nur eine einzige dieser diamantbesetzten Kettchen um ihren schmucklosen Hals getragen. Als Sascha den Raum verließ, trafen sich die Blicke der beiden Frauen. Klara Nidal registrierte die Gier in Jaquelines Augen und reagierte mit einer Handbewegung darauf. Kurzzeitig deckte sie mit ihrer rechten Handfläche die Ketten ab. Geradeso, als ob sie Jacky damit eine Botschaft zukommen lassen wollte. »Die bekommst du nicht!«, sollte das wohl heißen. Jaqueline hielt Klaras Blick stand, um sogleich ein leises »Warte nur ab … du alte Hexe« zu flüstern, bevor Sascha mit einem vollen Glas Erdbeermilch zurückkam. An diesem Abend erwähnte Jacky keinesfalls den eigentlichen Grund ihres Besuchs. Mit der Trennung von Sascha müsste sie nur noch etwas warten. Zumindest so lange, bis sie das hatte, was sie wollte. Am nächsten Morgen fiel die Verabschiedung ziemlich kühl oder vielmehr kurz und knapp aus. Sascha Nidal verabschiedete sich zumindest länger von seiner Mutter als von ihr, was Jacky aber kalt ließ. Die paar Tage würde sie schließlich auch noch aushalten, aber, dass sie der alten Schreckschraube die Windeln wechselte, konnte Sascha getrost vergessen. Sobald der Zahnarzt aus dem Haus war, rief sie eine Bekannte namens Bärbel an, die früher bei einem Pflegedienst gearbeitet hatte. Eigentlich wollte sie zuerst ihre Freundin Simona herbeizitieren, aber dann hätte die Gefahr bestanden, dass sie ihr Gold am Ende noch teilen müsste. Als Bärbel ihrer betagten Patientin vorgestellt wurde, musste Jacky ein wenig intervenieren. »Alles nur billiger Modeschmuck«, log sie die Rentnerin an. Bärbel glaubte ihr und hatte ihre liebe Not, die alte Frau zu versorgen. Klara Nidal schimpfte und schrie, als die Altenpflegerin sie rabiat aus dem Rollstuhl hob, um sie anschließend im Bad waschen zu können. »Gut, dass das hier keine Mietwohnung ist, bei dem Gebrüll hätte schon längst jemand die Polizei gerufen!« »Ja, hier in dieser Villa hört einen wirklich keiner schreien«, entgegnete Jaqueline daraufhin lachend. Eine halbe Stunde später verabschiedete sich Bärbel, um kurz danach gestresst, aber um fünfzig Euro reicher vom Hof zu fahren. »So, nun sind wir beide allein. Jetzt zeig mir mal, was du hast!« Wenn Blicke töten könnten! Klara Nidal presste ihre Lippen zusammen, während sie wütend zur Freundin ihres Sohnes stierte. Süffisant lächelnd begutachtete Jacky derweil den Schmuck, der alles andere als billiger Modeschmuck war. Eine wunderschöne Perlenkette hatte es ihr wirklich angetan. Nur wie sollte Jacky es schaffen, der störrischen Frau ihren Schmuck abzunehmen. Vielleicht wenn sie schlief? »Erbärmlich!«, bemerkte Klara plötzlich, um die grübelnde Jaqueline so ungewollt zum Lachen zu bringen. »Genau, du musst ja mittlerweile wieder durstig sein. Ich bring dir deine Erdbeermilch und dann gibst du mir eine deiner hübschen Halsketten dafür. Lass uns einfach tauschen.« »Erbärmlich!«, flüsterte Klara nur, während Jacky sich auf den Weg zum Kühlhaus machte. Der weißgekachelte Raum, der am Ende eines langen Flurs im Kellergeschoss zu finden war, machte Jacky ein klein wenig Angst. Als sie die schwere Stahltür entriegelte, fielen ihr die Fleischhaken auf, die durch den Luftzug einträchtig an verchromten Stangen wippten. Schnurstracks lief sie zu der Kartonage. Rasch griff sie sich eine eisgekühlte Flasche, um den unheimlichen Raum schnell wieder verlassen zu können. Als sie wieder oben bei Klara ankam, öffnete Jacky die Milchflasche, hielt sie in Richtung der alten Dame, um ihre Hand dann demonstrativ wieder zurückzuziehen. »Nur langsam Klara. Lass uns erst mal tauschen. Die Kette mit den schwarzen Perlen für dieses durstlöschende Milchgetränk. Na, wie sieht`s aus?« Klara bewegte den Kopf hin und her, was wohl ein „Nein" bedeuten sollte. Dann giftete sie die junge Frau an: »Erbärmlich! Du bist so erbärmlich!« Hämisch grinsend antwortete die Krankenschwester: »Dann eben nicht, du alte Hexe. Dann bekommst du auch nichts davon!« Jaqueline setzte zu einem großen Schluck aus der Milchflasche an, als Klara Nidal ein letztes Mal röchelte und tot in sich zusammensank. Völlig skrupellos und ohne jegliche Empathie nahm die Krankenschwester, der gerade eben Verstorbenen den Schmuck ab. Danach setzte sie sich gemütlich auf einen Stuhl, um sich jedes einzelne Stück genauestens ansehen zu können. »Jetzt bist du tot, du alte Schreckschraube und konntest doch nichts mitnehmen«, flüsterte Jacky, während sie sich die Perlenkette beinahe feierlich umlegte. Irgendwo musste doch hier ein Spiegel sein? Schließlich wollte sie das gute Stück an ihrem Hals begutachten. Doch dann kam der Durst wie aus heiterem Himmel. Im Nullkommanichts hatte sie die Flasche mit der Erdbeermilch ausgetrunken, aber Jacky wollte mehr. Genauso stark wie ihre Gier war nun ihre unbändige Lust auf eisgekühlte Milch. Sie fühlte sich, als ob sie schon tagelang nichts mehr getrunken hätte und begriff nicht warum. Keine drei Minuten später verließ sie die Tote, um erneut ins Kellergeschoß zu laufen. Dort unten im Kühlraum war schließlich noch mehr … so viel Erdbeermilch, mit der sie ihren unsäglichen Durst stillen konnte.

Was Jaqueline allerdings nicht im Entferntesten vermutete; es war die Kette mit den schwarzen Perlen, die ihr Verhalten so beeinflusste. Und das nicht ohne Grund. Das Schmuckstück hatte es definitiv in sich! Vor Jahrzehnten hatte Professor Erich Nidal genau diese Perlenkette aus Haiti mitgebracht. Ehrenamtlich hatte der damals noch junge Mann eine Zeit lang im städtischen Krankenhaus von Port-au-Prince gearbeitet. Der Unfallchirurg Nidal, der früher ein glühender Anhänger der Organisation Ärzte ohne Grenzen war, konnte durch seine medizinische Arbeit dort viele Menschen retten. Einmal operierte er einen kleinen Jungen, der ohne seine Hilfe wohl gestorben wäre. Aus Dankbarkeit bekam er von der Mutter des Buben ein Schmuckstück geschenkt. Ein Glücksbringer, der allerdings auch Pech bringen konnte. Dazu muss man verstehen, wie ein Großteil der Haitianer das Leben sieht. In Haiti geht man davon aus, dass circa sechzig Prozent der Einwohner Katholiken und die restlichen vierzig Prozent wohl Protestanten sind, aber das ist nur die halbe Wahrheit. Denn eigentlich glauben hundert Prozent der Haitianer an etwas völlig anderes; nämlich an Voodoo.

Davon hatte Jacky allerdings keine Ahnung. Wenn irgendjemand sie dazu befragt hätte, wäre ihre Antwort recht einsilbig ausgefallen. Was hatte sie mit Aberglauben, Naturreligionen oder ähnlichem Mumpitz am Hut. Im besten Fall hätte Jaqueline „Voodoo" noch für irgendein hippes Modelabel gehalten. Nun stand sie inmitten ausgetrunkener Getränkeflaschen und hatte immer noch einen geradezu unstillbaren Durst. Die leeren Flaschen warf sie einfach vor sich auf den Boden, der mittlerweile schon aussah, als hätte irgendjemand dort einen Polterabend abgehalten. Glassplitter und verschüttete Erdbeermilch im ganzen Raum verteilt. Völlig dehydriert leckte sie irgendwann die Milchpfützen vom Boden auf. Dabei machte es ihr auch nichts aus, als mitaufgenommene Scherben ihren Rachen und ihre Speiseröhre schwer verletzten.

Dreißig Jahre zuvor hatte eine Haitianerin ihrem Helden ganz stolz diese Kette aus pechschwarzen Perlen überreicht. »Bitte nehmen Sie im Namen meiner Familie diese Gabe an. Wir können Ihnen zwar kein Geld geben, weil wir bettelarm sind, aber diese Perlen sind ein guter Schutz für gute Menschen. Nur wer diese Kette gegen Ihren Willen trägt oder sie gar stiehlt, wird bitter bestraft werden. Wenn der Dieb beispielsweise gerade gegessen hat, wird er nie wieder satt und letztendlich verhungern. Das ist die Voodoo-Energie dieses Schmuckstücks. Denken Sie daran!« Dr. Erich Nidal hatte ein komisches Gefühl, als er die Kette damals an sich nahm, aber seiner Frau Klara gefiel das Teil ausgesprochen gut und so vergingen die Jahre.

In der Gegenwart rutschte eine langsam verdurstende Gestalt, die leise vor sich hin röchelte, über den verschmierten Kühlhausboden. Die Krankenschwester lag kraft- und hilflos in einer klitschigen Pfütze aus Blut, Glassplittern und Erdbeermilch. »Hilfe, Hilfe, ich sterbe! Helft mir … bitte helft mir.« Doch es würde sie hier niemand hören. Dann plötzlich spürte Jaqueline eine Berührung, die immer intensiver zu werden schien. Verunsichert sah sie eine schemenhafte Gestalt vor sich, die auf sie einredete.

»Jetzt wach schon auf, Jacky! Fürs Schlafen wirst du hier nicht bezahlt!« Als Jaqueline die Augen aufschlug, sah sie eine hektische Arbeitskollegin lachend aus dem Schwesternzimmer huschen. Gähnend und durch den seltsamen Traum immer noch etwas verwirrt, reckte und streckte sich die junge Frau erst einmal, bevor sie ungelenk aufstand, um nach ihren Patienten zu sehen. Im noch dunklen Zimmer schob die Krankenschwester zuallererst die Rollschränkchen so dicht an die Betten, dass die Kranken sowohl die Klingeln als auch ihre Getränke erreichen konnten. Warum sie das tat, konnte sie sich selbst nicht erklären und den furchtbaren Traum hatte Jaqueline schon beinahe vergessen. Nur so viel wusste sie: »Verdursten musste hier niemand!«

4. Viskosität

Shania Adelmeyer war mehr als nur genervt. »Heb gefälligst deine Füße beim Gehen etwas an! Seit Tagen schlurfst du hier antriebslos durch die Wohnung, Tom. Siehst du denn die vielen hässlichen Streifen auf dem Hochglanzparkett nicht, die du mit deinem schleppenden Gang so fabrizierst!« Die blonde Frau sah vorwurfsvoll zu ihrem Lebensgefährten, nachdem sie ihren Blick von dem riesigen Computerdisplay abgewandt hatte. Tom blieb unterdessen stehen, drehte sich zu der Blondine um und lächelte auf seine unnachahmliche Art und Weise. »Sorry, meine Liebste«, flüsterte er fast zärtlich, während er in die gegenüberliegende Zimmerecke marschierte. Dieses Mal hob er die Füße an. Irgendwie erinnerte sein völlig geänderter Gang nun an einen militärischen, fast schon grotesken Stechschritt, wobei der Boden bedenklich vibrierte. »Verdammt, Tom, schließ jetzt das Dachfenster oder Nein, … setz dich gefälligst da vorne auf den Stuhl und bleib sitzen, bis ich hier fertig bin!« Die Frau stöhnte angefressen, während sie an einer Funktastatur herumfingerte. Tom nahm zwischenzeitlich auf einem Küchenstuhl Platz, grinste etwas dümmlich und schaute erwartungsvoll zu seiner Partnerin, die sich zwischenzeitlich bei einem

Hologramm über ihn beschwerte. »Ja, ja, genau Shirin, … da hast du vollkommen recht, aber die Wartung kann ich mir derzeit nicht leisten. Die Preise bei „Robot-Relationship" sind doch exorbitant gestiegen und natürlich gehts jetzt los mit den teuren Reparaturen. Kaum ist die dreijährige Garantiezeit vorbei, schon beginnen die Ausfälle. Das machen die doch vorsätzlich. Höchstwahrscheinlich ist das reines Kalkül.« »Na klar, meine Liebe«, antwortete das Hologramm ihrer kichernden Freundin. »Das war übrigens in der alten Zeit genauso. Meine Erzeugerin hat mir das schon in meiner Wachstumsphase erzählt. Damals gab es Maschinen, die etwas herstellten, das unsere Vorfahren als „Kaffee" bezeichneten. Irgendein ungesundes, rabenschwarzes Getränk, das früher in Mode war. Diese sogenannten Kaffeeautomaten gaben nach einer bestimmten Menge von Brühvorgängen einfach den Geist auf, wenn man sie nicht fristgerecht zur Wartung einschickte. Warum sollte es bei unseren Partnern heutzutage anders sein?« Shania lachte schallend, wobei das unbändige Lachen eher an das laute Wiehern eines Pferdes erinnerte. Apropos Pferde, auch ihre Haltung war schon seit geraumer Zeit verboten. Genauso wie das Halten von diversen Haus- oder Nutztieren. Man hätte schon Krypto-Millionär sein müssen, um sich heute noch einen Hund oder eine Katze leisten zu können. Selbst ein Meerschweinchen oder einen

Hamster konnte sich kein normaler Mensch mehr anschaffen. Vor fünfzig Jahren war das noch anders, aber das war vor ewig langer Zeit. Irgendwo hatte Shania noch ein verblichenes Foto, das ihre direkten Vorfahren mit einem Labrador zeigte. Irre Zeiten mussten das gewesen sein. Mit ein bisschen Verstand hätte doch damals schon jeder Mensch einsehen müssen, dass Haustiere an sich keinen besonderen Wert darstellten. Die Viecher verursachten nur enorme Kosten während ihrer gesamten Lebenszeit. Schließlich verbrauchten sie Futter, wurden krank und forderten sich unentwegt Streicheleinheiten ein. Von dem unnötigen CO_2-Ausstoß und der daraus resultierenden Steuer mal ganz abgesehen. So ein Vierbeiner wäre doch heutzutage in keinem Privathaushalt mehr vorstellbar. Zudem noch das leidige Gassigehen! Shania hatte das Wort irgendwann in ihrer Kindheit einmal aufgeschnappt. Letzte Woche hatte sie es sogar ´gewoggelt´, aber sofort erschienen auf dem Monitor zwei große Ausrufezeichen, wonach sie den Suchbegriff schuldbewusst löschte. Höchstwahrscheinlich wollte die Weltregierung nicht, dass jemand aus dem ´Stufe 1 Bürgertum´ anachronistische Recherchen anstellte. Shania hatte den gleichen Fehler schon mal gemacht. Vor rund einem Jahr, hatte sie das Wort „Verantwortung" aus einer Laune heraus ´gewoggelt´. Damals erschien ein riesiges rotes Ausrufezeichen mit der Empfehlung, dieses Wort nicht weiter zu benutzen, geschweige denn neu einzugeben. Wenn drei Ausrufezeichen auf dem Monitor erscheinen würden, wäre eine Bürgerschaftssanktion unumgänglich. Damals hatte sich Shania selbst verflucht, um danach zwei Nächte lang relativ schlecht schlafen zu können. In einem Albtraum sah sie sich schon irgendwo eingekerkert, nachdem Soldaten sie an den Haaren aus ihrer geliebten Wohneinheit gezogen hatten. Das Wort „Verantwortung" war wie viele andere Begriffe, aus gutem Grund für die erste Stufe der Weltbürgerschaft gesperrt. Selbst die zweite Stufe musste sich darüber keine Gedanken machen. Es reichte ja voll und ganz, wenn die dritte und oberste Stufe, das sogenannte „Global Government", sich damit befassen durfte.

Die letzten zwei Jahrzehnte hatte sich das Leben auf der Erde grundlegend verändert. Bedingt durch Tsunamis, Erdbeben und andere Naturkatastrophen blieb den Entscheidungsträgern nach der großen Hungersnot keine Wahl. Die Eliten mussten reagieren. So trieben sie zeitgleich zwei Großprojekte voran, ohne die Weltbevölkerung darüber in irgendeiner Art und Weise zu informieren. Zu viele Erklärungen hätten die Bürger ohnehin nur unnötig verunsichert, vielleicht wäre es sogar zu weltweiten Aufständen oder gar einer globalen Revolution gekommen. Diese sogenannte

„Agenda 2070" war also aus gutem Grund strenggeheim. Nachdem durch Robotik der Fachkräftemangel endlich kein Problem mehr darstellte, läutete die Weltregierung dann die zweite, überaus perfide Phase ein. Dabei wurde ein extrem ansteckendes Virus auf die Menschheit losgelassen, welches angeblich den Weg aus irgendeinem Dschungel gefunden haben musste. Da effektive Impfungen in diesem Fall nur den „Gutbetuchten" angeboten wurden, ließ dieser Krankheitserreger die Weltbevölkerung in einem einzigen Jahr um etwa achtzig Prozent schrumpfen. Mit dieser Pandemie schlug man sprichwörtlich zwei Fliegen mit einer Klappe. Zum einen konnte man der Nahrungsmittelknappheit entgegenwirken, da von zehn Leuten nur noch zwei ernährt werden mussten, und zum anderen konnte die politische Kaste bei den verbliebenen zwanzig Prozent, die die Katastrophe gerade so überlebt hatten, durchaus mit Gehorsam und ewiger Dankbarkeit rechnen. Aber selbst bei den sogenannten „oberen Zehntausend" kam es während der Pandemie zu Sterbefällen, obwohl gerade diese Tode von irgendeiner Seite durchaus gewollt erschienen. Manch ein gut situierter Entscheidungsträger überließ seine fortwährend meckernde Gattin nur allzu gerne dem grassierenden Virus, um sie endlich loswerden zu können. Eine einfache Sache und fast schon ein perfekter Mord, da es für die Einflussreichen kein Problem darstellte, die rettende Medizin durch simple Koch-salzlösung ersetzen zu lassen. Da die armen Opfer nach ihrem raschen Tod allesamt umgehend verbrannt und in Massengräbern verscharrt wurden, brauchte sich wirklich kein Mensch über irgendwelche exorbitanten Beerdigungskosten Gedanken zu machen. Worüber man sich aber anschließend einen Kopf machen musste, war der Partnerersatz. Wie oder vor allem mit welchen Fähigkeiten sollte der brandneue „Robotik-Partner" ausgestattet sein? Sollte es eine Mensch-Maschine, ein sogenannter Humanoid werden, die dem Verstorbenen unglaublich ähnlichsah? Gewissermaßen ein Abbild des Gatten, der vor kurzem noch am Esstisch gerülpst hatte, oder sollte es doch eher eine Mischung aus Brad Pitt und Leonardo DiCaprio sein? Für die populären Robot-Buds gab es bei Ausstattung und Zubehör kaum Grenzen. Wenn man es sich leisten konnte und dementsprechend ausschweifend konfigurierte, waren diese Roboter schlichtweg für alles und jedes zu gebrauchen. Schon seit Jahrzehnten gab es schließlich virtuelle Konfigurationsassistenten. Allerdings waren diese Hilfsprogramme in der alten Zeit eher dafür gedacht, sich im damaligen Internet die Motorisierung, Lackfarbe und Ausstattung seines Wunschautos selbst zusammenstellen zu können. Aber Automobile gab es schon lange nicht mehr. Sukzessive wurde individuelle Mobilität abgeschafft beziehungsweise so rapide verteuert, dass sich der Mittelstand schon vor Jahren keinen fahrbaren Untersatz mehr leisten konnte. Die Gründe dafür lagen schließlich auf der Hand und jegliche Kritik am politischen Wirken wurde unter Hochverrat gestellt. Nachdem die elitäre Kaste dem einfachen Volk die Alternativlosigkeit ihrer Repressalien unmissverständlich klargemacht hatte, gab es fast keine Gegenwehr. Warum denn auch? Da sich produktive Arbeit für alle Menschen erledigt hatte, waren energiefressende Autos ohnehin obsolet. Die neuen Roboter arbeiteten stattdessen ständig in den Fabriken und auf den Feldern, brauchten keinen Urlaub und wurden niemals krank. In Windeseile konstruierte man zwei Mensch-Maschinen-Arten. Die einfachen Arbeitshumanoiden des Typs „Adam" und „Eve", die auf ihre wesentlichen Aufgaben programmiert waren und kurz darauf die familientauglichen „Alleskönner" der Premiumklasse, die sich zu Luxusartikeln beziehungsweise wahren Statussymbolen entwickelten. Sie ließen sich ihrem menschlichen Begleiter vollumfänglich anpassen. So legte die emanzipierte Frau von heute natürlich nicht nur viel Wert auf permanente Beachtung und gute Tischmanieren, sondern wollte mit ihrem Robotermann auf dem virtuellen Golfplatz des Lebens auch über intellektuelle Themen philosophieren können. Kein Mann aus Fleisch und Blut hätte die Launen und Befindlichkeiten mancher Herrin so ertragen wie diese herzlosen

Maschinen. So textete eine junge Studienrätin ihren Roboter vor Jahren einmal so zu, dass der armen Maschine doch glatt die Hauptplatine durchbrannte. „Too much information, System is overload!" war das letzte, was der weitestgehend feministisch programmierte Lebensabschnittspartner noch gerade so von sich geben konnte. Allerdings war die sozialpsychologische Ausrichtung nicht unbedingt die oberste Priorität bei der gewünschten Konfiguration der Mensch-Maschinen. Eher waren die meisten Kunden von „Robot-Relationship" an anderer Stelle durchaus spendabler, denn schließlich sollte der computergesteuerte Partner auch noch grundlegendere Bedürfnisse befriedigen können. Insofern wurde bei den geistigen Fähigkeiten schon des Öfteren etwas gespart, wenn nur die sogenannten „Libido-Skills" optimiert waren. Was die Automobilhersteller in den alten Zeiten gerne als überteuertes „Licht & Sicht-Paket" in den Konfigurationsassistenten packten, wurde von den Roboterherstellern in der Jetztzeit als „Lust & Liebe-Paket" in den höchsten Tönen angepriesen. Was allerdings in jedem dieser Maschinen steckte und womit keiner der Hersteller warb, war ein spezieller Modus, der schon vor der eigentlichen Auslieferung an den Kunden aktiviert war. Der sogenannte „Safe Mode" durfte keinesfalls fehlen, denn er brachte die totale Überwachung im privaten Raum. Das war auch der Grund, warum die

Eliten diese Mensch-Maschinen nur allzu gerne subventionierten. „Jeder Mensch verdient einen Roboter an seiner Seite" war dabei das Narrativ der politischen Kaste. Schließlich konnte man jegliche Umsturzgelüste des Pöbels respektive des „Stufe 1 Bürgertums" damit bereits im Keim ersticken. Dabei gab es schon lange vor der großen Pandemie eine stark gestiegene Zahl an Singlehaushalten. Das hing höchstwahrscheinlich damit zusammen, dass die Menschen untereinander nicht mehr bereit waren, Kompromisse einzugehen, die ein gemeinsames Leben erst möglich oder zumindest erträglich machten. Einzelhaushalte gab es nun also nur noch sporadisch, da das „Global Government" diese Lebensform als geradezu anarchistisch einstufte. Zumindest bis die Menschen alt und gebrechlich waren. Denn dann waren sie ohnehin zu schwach für eine Revolution, wurden in eine Altersresidenz verfrachtet und von Heim-Robotern bis zu ihrem zeitnahen Tod gefüttert und ver-(oder eher) nachhaltig entsorgt.

Shania Adelmeyer machte sich darüber derzeit allerdings noch keine Gedanken. Schließlich war sie noch nicht einmal vierzig, gesund und zufrieden. Gerade machte die Frau sich bettfertig, nachdem sie Tom schon vor einer halben Stunde ins Schlafzimmer geschickt hatte. Das brachte zumindest zwei Vorteile. Zum einen konnte ihr derzeitiger

Lebenspartner das Bett schon ein wenig anwärmen, und zum anderen würde das anschließende Kuscheln ihrem Oxytocin-Level schlicht und ergreifend guttun. Als sie zu Tom unter die Steppdecke krabbelte, fühlte es sich anders für sie an. Die Frau bemerkte gleich, dass es lange nicht so heimelig war wie sonst. Normalerweise hätte ihre Mensch-Maschine die Matratze schon angenehm temperiert, wie es keine Heizdecke auch nur im Entferntesten vollbringen konnte. Shania wunderte sich einen Moment lang, aber da lag sie auch schon in seinen muskulösen Armen.

Zehn Minuten zuvor hatte sie ihn beziehungsweise den Ablauf des folgenden GV per Remote-Control programmiert. Und das unmittelbar nach ihrer Zahnreinigung. Schließlich wollte sie nichts dem Zufall überlassen und ihrem Tom zwischendurch keine unnötigen Anweisungen geben müssen. So gab sie für das Vorspiel, das aus Streicheln und Küssen bestand, genau siebzehneinhalb Minuten vor. Das müsste reichen. Allein der Gedanke daran ließ sie schon bei der Eingabe feucht werden. Nach dem ausgiebigen Kuscheln sollte sich der eigentliche Akt dann von zart zu hart steigern. Gewissermaßen vom entspannten „Blümchensex" bis zum Modus „Hardfeelings", den sie heute Abend wieder einmal genießen wollte. Dabei vertippte sie sich allerdings. Hätte Shania ihre Lesebrille nicht am

Waschbecken abgelegt, wäre ihr sicherlich aufgefallen, dass sie fälschlicherweise fünfundvierzig Stunden anstatt Minuten in die winzige Fernbedienung eingegeben hatte.

Sobald Tom damit begann, seine menschliche Partnerin zu streicheln und wie bestellt zu küssen, bemerkte sie den Unterschied. Seine Haut fühlte sich um einiges kühler an als sonst. Auch die Matratze hatte ihr Roboterfreund nicht angewärmt. Shania wunderte sich, aber nachdem Tom ihr wie vorgegeben sinnlich den Rücken und die Oberschenkel massierte, war ihr die Temperaturdifferenz mehr oder minder egal. Das blendete die Frau in der „Hitze des Gefechts" völlig aus. Bei all der Oxytocin-Ausschüttung fielen ihr weder seine ungelenken Bewegungen noch seine Druck-Massagen auf, die eigentlich zärtliche Streicheleinheiten sein sollten. Das Knabbern am Hals und die sinnlichen Bisse in ihre Brustwarzen änderten ihre Intensität. Shania schrie verletzt auf, während der Humanoid immer noch über zwölf Minuten im Vorspielmodus arbeitete. Die Frau lag erstarrt auf dem Rücken und versuchte schreiend den Peiniger loszuwerden, der ihre Brüste zwischenzeitlich blutig gebissen hatte. Aber wie sehr Shania sich auch anstrengte, Tom ließ sich keinesfalls von seinem einprogrammierten Vorhaben abbringen. Seine linke Hand rutschte nach oben und umklammerte ihren Hals. Dann schaltete das aktivierte Programm in den nächsten Modus um. Jetzt stocherte er wie ein Besessener in ihr herum. Shania bekam Todesangst. Was um Gotteswillen ließ diese Mensch-Maschine nur so eskalieren?

Kurz nachdem die Frau sich ein paar Stunden zuvor bei ihrer besten Freundin über teure Inspektionskosten beschwert hatte, ´woggelte´ sie noch ein wenig im WWW, um nach einer kostengünstigeren Alternative zur Roboterwartung zu suchen. Nach einiger Zeit wurde sie auch fündig. Eine Webseite hatte literweise Betriebsstoffe für alle möglichen Mensch-Maschinen auf Lager. Nach kurzer Überlegung bestellte Shania einen Fünfliterkanister der öligen Flüssigkeit. Ein wahres Schnäppchen, denn das Zeug kostete weniger als die Hälfte des Originalbetriebsmittels. Zwar warnte die Herstellerfirma davor, dass die Garantieansprüche damit erlöschen würden, aber das war Shania egal, denn schließlich war Toms Werksgarantie ohnehin seit einem halben Jahr abgelaufen. Kaum bestellt, lieferte auch schon eine kleine gelbe Roboterdrohne unmittelbar vor ihre Haustür. Mit dem Gefühl, ein gutes Geschäft gemacht zu haben, setzte sie ihren Lebenspartner per Funkfernbedienung in den Stand-by-Modus, bevor sie die Schädeldecke ihrer Menschmaschine vorsichtig aufschraubte, um die violette Flüssigkeit mit Bedacht in den darunterliegenden Ausgleichsbehälter zu schütten. Hätte Shania sich die Inhaltsstoffe und technischen Bezeichnungen auf dem gerade erworbenen Kanister einmal genauer angeschaut, dann wäre ihr vielleicht aufgefallen, dass die Betriebsflüssigkeit um einiges zäher als das vorgeschriebene Originalfluid war. Im Stand-by-Modus fiel das nicht auf, aber bei schnellen Bewegungen der Maschine könnte es durchaus zu Ausfällen und krampfähnlichen Zuständen des Humanoiden kommen. Zu diesen ungewollten Erscheinungen kam es nun unter der Bettdecke. Toms Hände umfassten Shanias Hals immer stärker, bevor seine eiskalten Finger ihren Kehlkopf mühelos zerdrückten.

Die Frau stöhnte leidend, bevor sie aus einem bitterbösen Traum erwachte. Ihr Hals schmerzte stark. Wahrscheinlich hatte sie sich wegen der Zugluft erkältet, denn das Dachfenster stand immer noch offen. Nach dem ermüdenden Gespräch, das sie mit ihrer Freundin Shirin geführt hatte, musste sie schlicht und ergreifend eingeschlafen sein. Ihr geliebter Humanoid saß immer noch grenzdebil grinsend auf dem Stuhl, genau dort, wo sie ihn hin befohlen hatte.

Shania stand auf, schloss das Fenster, nahm eine Halsschmerztablette und ging anschließend wortlos zu Bett. Diese Nacht würde Frau Shania Adelmeyer definitiv allein verbringen.

5. House of Pain

Seit kurzem knarrte die Haustür, und zwar in einer Tonlage, die Irina eine Gänsehaut bescherte. Warum dieses Knarren, das fast schon an das Knurren eines wütenden Kettenhundes erinnerte, nur beim Öffnen und nicht beim Schließen ertönte, darüber machte sich die selbsternannte Herrin des Hauses keine Gedanken. Ganz bestimmt hatte ihre Stieftochter Kim die Tür bei ihrem kürzlichen Auszug mutwillig beschädigt. Bevor die junge Frau ihre Wohnung verlassen musste, hatte sie die Haustür doch demonstrativ zugeschlagen. Allerdings erst nachdem sie den Schlüssel auf die Innentreppe geworfen hatte. Ja, so musste es gewesen sein. Kim hatte die Tür definitiv beschädigt, aber letztendlich hatten sich Irinas Mühen doch gelohnt. Kim war nun aus dem Haus und somit auch aus ihrem Leben verschwunden. Insofern hatte die ältere Frau gewonnen, und nachdem sie ihrem Lebensgefährten ein wenig Traurigkeit vorgeheuchelt hatte, war es nun nur noch eine Frage der Zeit, bis erneut ein gewaltiger Geldbetrag auf ihr Bankkonto fließen würde. Oh ja, wenn Intriganz eine sportliche Disziplin wäre, dann würde Irina mit Leichtigkeit die Weltmeisterschaft gewinnen. Über die letzten Jahre hatte sie ihre Hasstiraden immer weiter optimiert.

Ganz nach dem Leitspruch: „Divide et impera", hatte es die Frau geschafft, dass sich ihr Lebenspartner Anton nach und nach von seiner leiblichen Tochter Kim abwandte. Antons Tochter hatte keine Chance, dem Treiben ihrer Stiefmutter Einhalt zu gebieten, das verstand sich von selbst. Nach dem Motto: „Teile oder vielmehr Spalte und herrsche", hatte Irina ganze Arbeit geleistet. Kims Mutter Hannah war bereits seit zwei Jahrzehnten tot, aber es verging kaum ein Tag, an dem ihre Tochter nicht an sie denken musste. Wahrscheinlich hätte sich Hannah niemals auch nur im Entferntesten vorstellen können, dass eine neue Frau ihre geliebte Familie so auseinanderbringen könnte. Kim erinnerte sich gut an den Tag, an dem ihre Mutter nach langer Krankheit im Elternschlafzimmer starb. Ungefähr zwölf Stunden nach Hannahs letztem Atemzug, spürte ihre tieftraurige Tochter eine nicht erklärbare Energie, die durch das Haus wanderte. Geradeso, als ob eine aufsteigende Seele den Weg in den Himmel suchen würde. Kim glaubte nicht unbedingt an übernatürliche Phänomene, aber irgendetwas war damals passiert, da war sie sich sicher. Außerdem wusste sie, dass es Dinge zwischen Himmel und Erde gab, die kein Mensch wissenschaftlich erklären konnte. Vielleicht war es das, was von uns auf der Erde übrigbleibt. Was allerdings keiner der Bewohner auch nur ahnte, war, dass sich eine undefinierbare

Kraft in dem mächtigen Haus eingenistet hatte. Zu Anfang waren es Seelenfragmente voller positiver Energie, die den Bewohnern nahe sein wollten, aber irgendwann hatte die „Haus-Seele" sehr wohl den Anspruch, all die zu schützen, die ihr wichtig waren. Die ersten Jahre brauchte dieses unbestimmte Etwas zum Kraftaufbau. Es war nun das Haus selbst, das gewissermaßen ein Eigenleben entwickelte. Wie jemand, der sich auf Telekinese verstand, ließ die gespeicherte Macht beispielsweise das eine oder andere Bild von der Wand fallen, was aber auch keinen Menschen ansatzweise schockierte. Denn schließlich knarrte und klopfte es in so gut wie jedem Haus. Manchmal sind es blubbernde Heizungsrohre oder einfach Materialspannungen, die gerade nachts, wenn es stiller wird, die Hausbewohner wachrütteln können. Allerdings war das Haus nicht erfreut darüber, dass Kim ihre Wohnung räumen musste. Wie gerne hätte es der jungen Frau über Irinas Machenschaften berichtet. All die Lügen und Unterstellungen waren wie abgeschossene Giftpfeile, die dem Gerechtigkeitsempfinden der Hausseele diametral entgegenstanden. Irinas Phrasen, die sich immer öfter zu Hetztiraden entwickelten, beeinflussten eben nicht nur Anton. Jedoch fehlte dem Mann der Mut, die Meinungsäußerungen seiner Lebensgefährtin in Frage zu stellen. Schließlich meinte sie es ja nur gut mit ihm, zumindest betonte Irina das jeden Tag aufs

Neue. Dabei bekochte und umsorgte sie den fast Achtzigjährigen, der schlicht und ergreifend nicht allein sein konnte. Der wiederum ließ es sich nicht nehmen, ihr für all ihre partnerschaftliche Zuneigung großzügig zu danken. Wie eine Spinne eine Mücke in einem klebrigen Netz fängt, um sie letztendlich auszusaugen, so umgarnte Irina ihren Mann, ohne dass er es auch nur ansatzweise merkte. Bei so viel Raffinesse, schaffte die Frau es auch nach und nach, dass sich all seine Freunde von Anton abwandten. Auch in der Hinsicht log sie ihrem Lebensgefährten ohne schlechtes Gewissen an. Ein alter Weggefährte Antons hätte beispielsweise irgendetwas gesagt oder getan, was sie so gar nicht gutheißen könnte. Natürlich glaubte Anton seiner Liebsten und kündigte daraufhin still und leise seine langjährigen Freundschaften. Als die Frau diesen perfiden Plan in die Tat umgesetzt hatte, war sie ihrem eigentlichen Ziel wieder ein Stück nähergekommen. Letzten Endes sollte sich Anton doch auch nur mit ihr und ihren Freunden und Verwandten umgeben. Sein „altes" Leben löschte sie langsam, aber sicher aus. Dazu gehörte schlussendlich auch die Bindung an seine eigene Tochter, denn irgendwann setzte sie ihrem Lebensgefährten auch daraufhin ein Ultimatum, das nichts anderes als eine emotionale Erpressung darstellte. Immer wieder beeinflusste und stänkerte sie mit den Worten: »Hör mal Liebster. Eigentlich wollte ich es ja nicht erwähnen, aber wenn deine Tochter hier im Haus ist, geht's mir gar nicht gut! Kann sie denn nicht einfach ausziehen? Sobald ich Kim auch nur höre oder sehe, fühle ich mich einfach nicht mehr wohl in meiner Haut. Magendrücken ist da noch das wenigste. Tja …, wenn zumindest eine meiner Töchter dort oben wohnen würde, hätte ich auch Hilfe im Haushalt, was ich von deiner Tochter nicht unbedingt verlangen möchte. Außerdem werden wir beide ja auch nicht jünger, stimmts?«

Irinas Missgunst gegenüber ihrer Stieftochter trieb immer neue Blüten. Apropos Blüten. Früher hatte sich Kim wie selbstverständlich um das Wohlergehen aller Pflanzen im Haus gekümmert, gerade wenn sie die Villa allein bewohnte. Dies war des Öfteren der Fall, da ihr Vater und ihre Stiefmutter viel, lange und vor allem oft verreisten. Obwohl keine Blume jemals verdursten musste, änderte sich das auch irgendwann. Da es Irina nicht mehr ertragen konnte, sich bei ihrer Stieftochter auch nur ansatzweise für irgendeine Gefälligkeit bedanken zu müssen, stellte sie auch hier neue Regeln auf. Schließlich konnte ihre eigene Tochter Mascha, die mit ihrer Familie im Nachbarort lebte, doch genauso gut ihre Wohnungspflanzen gießen oder nach dem Rechten schauen. Anton begriff nicht, dass das ein weiterer Hieb in Richtung seiner Tochter war, aber diese perfiden Spielchen waren noch lange nicht zu Ende. Irinas Agenda war eigentlich leicht zu durchschauen. Kim müsste langsam selbst erkennen, dass sie nichts anderes als ein Störfaktor in dem großen Haus darstellte. Sie sollte gefälligst ausziehen und das nach Irinas Meinung, eher gestern als heute. Genau drei Tage würde die ältere Frau, die sich jetzt nur noch mit ihrem ohnehin devoten Lebenspartner auseinandersetzen musste, ihren Triumph genießen können, bevor die Haus-Seele zum ersten Gegenschlag ausholte. Dabei hätte sich die Energie auch durchaus gegen Anton richten können, denn schließlich hatte er sich von seiner Lebenspartnerin doch jegliche Kritikfähigkeit rauben lassen. Doch Anton hatte Glück, dass sich die übernatürliche Kraft nur auf Irina konzentrierte. Was auch nachvollziehbar war, denn zum einen gab es diesen weiblichen Eindringling, der den Zusammenhalt zwischen Vater und Tochter gnadenlos zerstört hatte. Nicht zu vergessen, dass zum anderen, Anton, Hannah und Kim dieses Haus in den Neunzigern gebaut und liebevoll eingerichtet hatten. Zudem war Anton nun mal der rechtliche Eigentümer dieses Domizils. Zumindest noch … denn Irina hatte ganz andere Pläne. Vielleicht würde ihr auch die Zeit in die Karten spielen, denn Anton, der um einiges älter war, würde sicherlich nicht ewig leben. All sein mobiles und immobiles Kapital war doch ohnehin schon auf Irina und ihre Kinder und Enkelkinder aufgeteilt. Hauptsache

Kim ging leer aus. Wenn Anton irgendwann ins Pflegeheim musste, könnte sich Kim immer noch um den dann völlig mittellosen Vater kümmern. Bei dem Gedanken daran, dass der Goldesel, der dann einfach nur ein armer Esel war, einsam und allein seine letzten Tage in einem Seniorenstift verbringen würde, musste Irina innerlich grinsen. Das Schönste daran war wohl, dass seine leibliche Tochter Kim seinen Aufenthalt dort auch noch in Gänze finanzieren müsste. Insofern hatte Irina doch alles richtig gemacht, zumindest nach ihrer Denkweise. Für ihre eigene Familie war die Beziehung mit Anton in jedem Fall eine sogenannte Win-Win-Situation und nur das zählte. Eigentlich war es durchaus mit einem Millionengewinn in der Lotterie vergleichbar. Während Irina sich wieder einmal über ihre aufgegangenen Pläne amüsierte, trat ihr Mann ins Wohnzimmer.

»Ach Anton, da bist du ja. Hast du mich vorhin nicht nach dir rufen hören? Die Haustür knarrt ganz schlimm, wenn man sie öffnet. Sei doch so gut und schau gleich mal danach. Am besten sofort!« Anton ließ sich nicht lange bitten. Schließlich war jeder Wunsch von ihr ein Befehl. So griff er sich wortlos eine Dose Sprühfett und ging zur Tür, um sich an die Arbeit zu machen. Fünf Minuten später rief er seine Lebensgefährtin zu sich.

»Hab die Scharniere etwas eingeölt, aber ich konnte nichts feststellen, Schatz!«

Demonstrativ öffnete und schloss Anton die Haustür, ohne dass auch nur ansatzweise ein Knarren zu hören war. Irina schaute nur kurz, wandte sich dann aber rasch von ihm ab. Schnellen Schrittes ging sie nun wieder ins Wohnzimmer, um die gerade beginnende Telenovela im TV nicht zu verpassen. Anton wusste aus Erfahrung, dass er seine Partnerin beim Fernsehschauen besser nicht stören sollte, denn wenn sie eine Folge von „Feine Zeiten-Schreckliche Zeiten" nicht mitbekam, konnte sie ganz schön angesäuert reagieren. Daher verkrümelte sich Anton derweil in sein kleines Arbeitszimmer, um ihren nächsten Fernurlaub zu planen. Er war gerade dabei im Internet nach schönen Ferienhotels zu suchen, da hörte er ein hysterisches Kreischen. Beim hektischen Aufspringen fiel nicht nur der Bürostuhl zur Seite, fast hätte er dabei seinen neuen Laptop auf den Boden befördert. Ein paar Minuten zuvor,- Irina hatte es sich gerade mit einer Tasse Ingwertee auf der Couch bequem gemacht-, begann der Flatscreen leicht zu flackern. Wahrscheinlich hatte das schlechte Bild mit dem Wetter zu tun, das zumindest mutmaßte Irina, bevor sie das kalte Grauen packte. Wie aus dem Nichts änderte sich eine Szene ihrer Lieblings-Soap. Zuerst konnte sie mit dieser Überblendung gar nichts anfangen. Die Bildeinstellung wechselte schlagartig von einer Kussszene ihres Lieblingsprotagonisten auf einen alten Friedhof. Dort wurde auf einen Grabstein gezoomt, was Irina schon etwas irritierte. Was sie nun aber lesen musste, ließ ihr die Teetasse aus der Hand fallen. Das, was da gezeigt wurde, konnte doch nicht wahr sein. Auf dem Stein war doch allen Ernstes ihr Name eingemeißelt. Zudem stand darunter irgendetwas, was sie aber nicht richtig erkennen konnte. Apathisch starrte die Frau auf den großen Bildschirm, als sie eine dunkle Stimme vernahm. »Verschwinde hier oder fahr zur Hölle«, dröhnte es aus den Lautsprechern, wenn auch in russischer Sprache. Das war eindeutig zu viel. Irina begann hysterisch zu kreischen, bis Anton sie an beiden Schultern packte. »Beruhige dich, was um Gotteswillen ist denn passiert, mein Schatz?« Es dauerte schon einige Minuten, bis sich die Frau wieder halbwegs gefangen hatte. Mit zittriger Stimme versuchte sie ihrem Mann das Geschehene zu erklären, während der ihr schweigend zuhörte. Wieder änderte sich das Fernsehbild, bevor sich das Gerät, wie von Geisterhand selbst abschaltete. Irina zuckte zusammen, als das passierte. Anton musste daraufhin leicht schmunzeln. »Keine Panik, … der Fernseher ist doch nur in den Stand-by-Modus gewechselt, mein Goldstück. Wahrscheinlich bist du nur kurz eingeschlummert und hast schlecht geträumt.« Auf diesen Spruch hin, sprang die Frau wütend vom nagelneuen Sofa auf, um sich danach eine geschlagene Stunde beleidigt im Bad einzuschließen. Oh nein, sie hatte es sich nicht eingebildet, oder war sie dabei verrückt zu werden? Schließlich hatte sie es doch gesehen und auch gehört. Vielleicht war der Ingwertee ja auch für diese Halluzinationen verantwortlich? Das zumindest war Antons beschwichtigende Meinung dazu. Der folgende Abend war „normal", um nicht zu sagen „stinknormal". Nachdem Anton und seine Irina zu Abend gegessen hatten, lasen beide noch ein wenig in irgendwelchen Magazinen, bevor sie dann zu Bett gingen. Eigentlich früher als gewöhnlich, aber auf Fernsehen hatte Irina heute definitiv keine Lust mehr, genauso wenig wie auf Ingwertee.

Am nächsten Morgen, gleich nach einem ausgefallenen Frühstück, machte sich Anton auf den Weg zu seinem Hausarzt. Der beinahe Achtzigjährige hatte sich den Magen verdorben und die letzte Nacht kein Auge zugemacht. Insgeheim fragte er sich, ob Irinas Kochkünste nicht vielleicht dazu beigetragen haben könnten. Schließlich roch das Haus oft genug penetrant nach Kohlsuppe, gerade so als ob es ein sanitäres Problem gäbe. Kim hatte sich darüber nie beschwert, um den sogenannten häuslichen Frieden nicht zu gefährden. Als sie noch in der oberen Etage wohnte, musste sie nach Irinas

Kücheneskapaden verstärkt die Wohnung lüften, weil sich dieser unangenehme Geruch nicht nur im Erdgeschoss, sondern im ganzen Haus verteilte. Irina hatte bei dieser Art von Geruchsbelästigung nie ein schlechtes Gewissen, denn schließlich bekochte sie doch ihren Anton, der gelinde gesagt einfach nicht die Eier in der Hose hatte in irgendeiner Form auch nur ein Quäntchen Kritik zu äußern.

Nachdem Irina ihren Kaffee ausgetrunken hatte, telefonierte sie mit einem ihrer Kinder. Jetzt, wo die obere Etage endlich frei war, hoffte sie inständig, eine ihrer Töchter samt Familie dort unterbringen zu können. Nach diesem für sie erfolgreichen Gespräch schaltete die Frau den Staubsaugerroboter an. Ein Wunderwerk der Technik, das ihr das Putzen weitestgehend ersparte. Das Schönste daran war allerdings, dass sie dieses teure Haushaltsgerät wie alles andere über Antons Kreditkarte erwerben konnte. Oh ja, dieser Anton war für Irina, für ihre vier Kinder mitsamt ihrer vielen Enkel durchaus mit einem Hauptgewinn in der Lotterie vergleichbar.

Jetzt entschied sich die Herrin des Hauses, erst mal nach oben zu gehen. Es konnte ja schließlich sein, dass Kim noch etwas zurückgelassen hatte, sei es auch nur Schmutz, Staub oder irgendwelche Flecken. Mit einer gewissen triumphalen Überheblichkeit schaute sie sich Kims ehemalige Wirkungsstätte Raum für Raum an. Alle Räume waren sauber und leer. Die Böden waren nicht nur besenrein, sondern frisch geputzt. Das wiederum passte Irina gar nicht in ihr angedachtes Konzept. Wie ein Polizist, genauer gesagt wie jemand von der Spurensicherung, schaute sie sich alle Räume erneut an, um letztendlich doch noch fündig zu werden. Ein Dachfenster dessen Verglasung noch Schlieren zeigte und ein paar einzelne Spinnweben, die sich an der Schräge darunter befanden. Irina grinste süffisant, als sie mit ihrem Smartphone drei Fotos schoss. Gewissermaßen zur Beweissicherung schickte sie diese Bilder per WhatsApp an ihren Anton. Natürlich nicht ohne angehängte Bemerkung. „Was ist das?", schrieb sie darunter, bevor sie die Aufnahmen an ihren Lebenspartner weiterleitete, der sich wohl noch bei seinem Hausarzt aufhalten musste. Kurz nachdem Irina auf den Sendebutton gedrückt hatte, erschrak die Frau, denn eine Etage tiefer musste gerade irgendetwas umgefallen sein. Ein lautes Poltern und das Klirren von zerspringendem Glas beendeten schlagartig die Stille. Apropos Stille; vollkommen still war es in Irinas Wohnbereich natürlich gerade nicht, denn im Erdgeschoss arbeitete der staubsaugende Roboter ja schließlich immer noch. Vorsichtig ja beinahe ängstlich stieg die Frau die Steintreppe hinunter, um in ihrem Wohnzimmer fast über die Scherben zu stolpern. Zuerst dachte Irina, dass der staubsaugende Helfer für die Havarie verantwortlich gewesen wäre, aber der Roboter verrichtete seinen Dienst gerade zwei Zimmer weiter. Irritiert betrachtete sich die Frau das Malheur. Sämtliche Bilderrahmen lagen beschädigt auf dem Boden, vor dem alten Klavier, auf dem sie vor kurzem noch standen. Alle Fotos zeigten Irinas Familie und auch nur die. Gerahmte Bilder von Kim oder ihrer Mutter Hannah suchte man dort vergebens. Diese Fotos mussten irgendwann eine Etage tiefer in den Keller weichen. Kim hatte das nie verstanden, zumal das alte Klavier ihrer verstorbenen Mutter gehört hatte. Die ältere Frau hatte ganze Arbeit geleistet und Antons „alte" Familie regelrecht gelöscht beziehungsweise ausradiert. Als Irina die zwölf Fotorahmen vom Fliesenboden aufheben wollte, schnitt sie sich an einem Glassplitter. Laut fluchend betrachtete die Frau ihren verletzten Daumen. Hellrotes Blut rann ihr über die rechte Hand und tropfte beinahe zielgerichtet auf die gerahmten Familienfotos, die noch immer auf dem Boden lagen. Irina ließ sie liegen und lief erst einmal ins Bad, um die Schnittwunde unter fließendem Wasser zu säubern. Das kalte Wasser tat ihrem aufgeschlitzten Daumen wie erwartet gut, zumindest ungefähr fünf Sekunden lang, denn dann schoss nur noch heißes Wasser aus dem Wasserhahn.

Geistesgegenwärtig zog sie die Hand zurück, bevor sie sich verbrühte. »Verflucht«, schrie die Frau laut und suchte nach einem passenden Pflaster. Nachdem Irina keines fand, umwickelte sie ihren blutenden Daumen mit ein wenig Toilettenpapier. Im Keller hatte sie vor nicht allzu langer Zeit einen Verbandskasten gesehen. Darin wären doch sicherlich neben Mullbinden auch Pflaster zu finden. Unten angekommen fand die Frau schnell, was sie suchte. Etwas genervt nahm sie den Wundverband aus dem Kasten, setzte sich auf einen Stuhl und klebte das Pflaster auf ihren malträtierten Daumen. Dann als sie wieder aufstehen wollte, fiel ihr Blick auf einen Bilderrahmen, der staubig in der Ecke lag. Das Foto zeigte Hannah in jungen Jahren. Irina wandte sich beinahe angewidert ab, aber irgendeine Macht zwang sie erneut dort hinzusehen. Es machte fast den Eindruck, als ob Hannahs Augen sie regelrecht verfolgten. Der Blick des Mädchens mit den Zöpfen wechselte in den Augen der Betrachterin von liebenswert zu verächtlich. Irina ging aus dem Kellerraum und schaute sich ein letztes Mal um. Auch aus dieser Perspektive wirkte es für die Frau so, als ob Hannah auf dem vergilbten Foto immer noch Augenkontakt halten wollte. »Du bist tot und ich lebe«, flüsterte Irina, als sie die Kellertreppe wieder hinaufstieg. Es würde nicht mehr lange dauern, dann würde auch Anton wieder nach Hause kommen. Sollte er doch die heruntergefallenen Fotos aufheben. Noch einmal würde sie sich sicherlich nicht mehr an dem zersprungenen Glas schneiden. Stattdessen würde sie lieber die einzelnen Spinnweben in Kims ehemaligem Reich entfernen. Die Schlieren am Dachfenster wären auch schnell weggeputzt. So könnte sie Anton doch weismachen, dass sie den ganzen Vormittag gearbeitet hätte. Obwohl Kim ihre Wohnung wirklich sauber hinterlassen hatte, konnte Irina diesen Umstand ja auch für sich selbst ausnutzen. Überall hätte sie doch gewissermaßen nachputzen müssen. Obwohl es nicht der Wahrheit entsprach, könnte sie wiederum eine ihrer Hetztiraden gegen Kim loslassen, sobald der Herr des Hauses vor ihr stand. Irina musste lächeln, wenn sie nur daran dachte. Sie öffnete das Dachfenster und putzte die einzelnen Schlieren innerhalb kürzester Zeit ohne großen Aufwand mit einem Microfasertuch weg. »Das wäre erledigt!«, dachte die Frau gutgelaunt, während sie irgendeine bekannte Melodie pfiff. Danach ging sie mit einem Staubwedel bewaffnet auf die Dachschräge zu. Doch was war das? Die Spinnweben hatten sich vervielfacht. Dort wo vorhin nur einzelne dünne Fäden hingen, waren nun dicke schwarze Gespinste zu sehen. Irina wich einen Moment angewidert zurück, um dann aber mit ausgestrecktem Arm die Wand zu säubern. Sobald die Frau aber damit anfing, klebte der Staubwedel regelrecht am Wandputz fest. Klebrige Fäden waren aber nicht das Einzige, was Irina angeekelt irritierte. Wie auf Kommando tauchten urplötzlich große Spinnen auf, die über den Staubwedel krabbelten, um gleich darauf auf Irinas ausgestreckten Arm zu springen. Als ob sich die Biester aus der Hauswand herauswinden würden. Irina schrie wie am Spieß und innerhalb von Sekunden war ihr gesamter Körper über und über mit Kräuseljagdspinnen bedeckt. Die achtbeinigen Monster nahmen ihr die Sicht. Irina versuchte sie abzuschütteln, aber das funktionierte nicht, wobei hunderte Nosferatu-Spinnen ihre Beißwerkzeuge in die Haut der hysterisch schreienden Frau gruben. Voller Panik rannte Irina in Richtung einer einzelnen, hellen Lichtquelle und sprang. Aus den Schmerzensschreien wurde ein jämmerliches Piepsen. Kein Mensch half ihr, als sie acht Meter tiefer auf dem Steinpflaster aufschlug. Dann piepste es zunehmend lauter.

Kim erwachte, schaltete die Weckfunktion ihres Smartphones aus und erinnerte sich gut gerade etwas Schlimmes geträumt zu haben. Wobei die junge Frau sich über eine Sache nicht so richtig im Klaren war. Wie würde sie diesen Traum für sich ganz persönlich einordnen: »Albtraum oder Wunschtraum?«

6. Fit-Bite

Interessiert sah sich Hardy Metz die eine oder andere Webseite an. Er hatte es sich schließlich fest vorgenommen, und war nun überaus entschlossen, seinen guten Neujahrsvorsätzen auch Taten folgen zu lassen. Die Tage vergingen wie im Flug, wobei der Januar schon fast vorbei war. Langsam wurde es wirklich Zeit, seinen inneren Schweinehund effektiv zu bekämpfen. Vor ein paar Wochen war er kurz davor gewesen, sich im örtlichen Fitness-studio anzumelden, aber diese Überlegung hatte er dann doch recht schnell wieder verworfen. Allein der Gedanke, mit wildfremden Leuten synchron und um die Wette zu transpirieren, gefiel ihm gar nicht. Eine Nahrungsumstellung und viel Bewegung würden seine überschüssigen Pfunde schon schmelzen lassen, da war er sich sicher. Bei dem Gedanken an eine Änderung seines Essverhal-tens musste er innerlich grinsen, weil ihm dazu spontan ein Witz einfiel, den er vor einiger Zeit irgendwo aufgeschnappt hatte. Eine Nahrungs-umstellung wäre doch das einfachste der Welt. Dazu müsste man den Kühlschrank nur näher an die Couch schieben. Blöde Witze reißen konnte aber auch nicht die Lösung für sein Übergewicht sein, das war Hardy Metz selbstverständlich bewusst. Dabei war seine Motivation, etwas an sich zu ändern, noch ziemlich hoch, was sich aber im Laufe der Zeit auch wieder legen konnte. Hardy surfte noch eine Weile, wobei er sich eine Vielzahl von diversen Fitnessgeräten ansah. Vielleicht sollte er sich ein Laufband, eine Rudermaschine oder gar ein Spinning-Rad bestellen? Die Auswahl war riesig. Allerdings hatte der Mann nur wenig Platz in seiner kleinen Wohnung. Beinahe überfordert gab er seine Suche auf, in erster Linie deshalb, weil er zum einen noch nicht zu Abend gegessen hatte; zum anderen fühlte er sich mittlerweile völlig übermüdet. Kurz bevor ihm die Augen zufielen, schaltete er den Computer aus. Morgen würde er weitersuchen, um sein Leben positiv zu verändern. Ganz sicher!

Der Weg von seinem kleinen Schreibtisch bis zum Kühlschrank war zwar nicht weit, aber allein das Aufstehen aus seinem bequemen Computersessel gestaltete sich schon mehr oder minder schweißtreibend. Er war gerade dabei, sich ein opulentes Mahl zusammenzustellen, da schrillte sein Smartphone. Hardy erschrak leicht, wobei er sich fragte, wer ihm denn noch so spät am Abend eine Nachricht schicken würde. Diesen schrillen Klingelton hatte er auch noch nie gehört. Käme eine Mitteilung über E-Mail oder WhatsApp von irgendwelchen Bekannten, seiner Schwester oder gar von seinem Chef, hätte ihn das zumindest nicht so neugierig gemacht. Aber dieser penetrante Rufton war dafür verantwortlich, dass er sein gigantisches Leberwurstbrot zurück auf den Teller legte, um sein Telefon in die nun fettigen Hände nehmen zu können. Einen kurzen Moment lang ärgerte er sich, als er die Nachricht las. Wieso bekam er überhaupt eine Werbeanzeige auf sein Smartphone? Aber dann fand er die Botschaft doch recht interessant und freute sich sogar darüber, sie ausgerechnet jetzt erhalten zu haben.

„Lieber Herr Metz, Sie wurden ausgewählt. Testen Sie unsere neueste `Fit-Bite` völlig kostenlos! Der ultimative Fitnesstracker mit integrierter KI, der jedem sportlichen Anspruch gerecht wird! Bestellen Sie noch heute völlig kostenfrei … ein einmaliges Angebot … Blah … Blah … Blah … Blah."

Nun war Hardys Interesse geweckt. Allein schon durch die Worte „Kostenlos" oder „kostenfrei", die auf ihn, wie auch auf die meisten Menschen geradezu magisch wirkten. Einfach großartig; somit konnte er dieses technische Gimmick ausprobieren, ohne dass er seine Kreditkarte belasten musste. Ein guter Deal, wie er fand. Also vergaß er doch glatt sein Leberwurstbrot, um dieses Teil unverzüglich bestellen zu können.

Zwei Tage später öffnete ein sichtlich gut gelaunter Mann ein kleines Päckchen, welches irgendjemand vor seiner Haustür abgelegt haben musste. Hardy war darüber nur kurz verwundert, denn schließlich hatte er seinem Briefträger schon vor einiger Zeit eine sogenannte Abstellgenehmigung mitgegeben. Vorsichtig nahm er die Smartwatch aus der Verpackung und schaute sie sich kritisch, aber auch voller Vorfreude an. An seinem linken Handgelenk wirkte der Fitnesstracker richtig edel. Dann griff er sich die beiliegende Betriebsanleitung, die ziemlich kurzgehalten war. Darauf stand eigentlich nur, dass man sogleich eine App aus dem Internet herunterladen sollte, um seine Daten wie Alter, Größe und irgendwelche sportlichen Zielvorstellungen einprogrammieren zu können. Nachdem er über seinen Computer dieses Tool mit der App synchronisiert hatte, erschien ein kurzer Warnhinweis, den die Smartwatch mit einem leichten Piepton quittierte. »Bitte die Schrittanzahl reduzieren. Sie ist nicht kompatibel mit Ihrem eingegebenen Alter.« Hardy war einen Moment lang genervt. Was wusste dieses technische Ding schon über ihn? Schließlich meinte er es doch ernst. Gestern hatte er sogar auf ein opulentes Abendessen und seine geliebten Wurstsemmeln verzichtet. Dabei erinnerte er sich an einen Spruch, den er früher das eine oder andere Mal von seiner Großmutter zu hören bekam. »Iss morgens wie ein Kaiser, mittags wie ein König, aber abends wie ein Bettelmann!« In etwa so oder zumindest so ähnlich hatte er den Ratschlag über die quantitative Aufnahme von Mahlzeiten in Erinnerung behalten.

Schon am nächsten Tag beschlich ihn das Gefühl, dass dieser Fitnesstracker das Beste war, was ihm derzeit passieren konnte. Das Teil motivierte ihn geradezu, und der eingebaute Pulsmesser in Verbindung mit dem Schrittzähler erregten immer wieder seine Aufmerksamkeit. Hatte er sich bis dato in seiner Mittagspause nur von seinem Arbeitsplatz bis zur Bürokantine und zurück geschleppt, so machte er nun einen kurzen Spaziergang durch die Straßen des angrenzenden Industriegebiets. Einem jungen Kollegen, der das mitbekam, zeigte Hardy ganz stolz seine neueste Errungenschaft. Anschließend war er fast beleidigt, dass auch der eine ähnliche Uhr sein Eigen nennen konnte. Warum war ihm denn bisher nicht aufgefallen, dass heutzutage fast jeder so ein Messgerät an seinem Handgelenk trug. Jetzt, da er genau hinschaute, sah er sogar seinen Chef mit einem fast identischen Teil in der Gegend herumlaufen. Hätte er diesen augenscheinlichen Trend schon früher erkannt, so hätte er sich wahrscheinlich das Geld für die neu gekauften Oberhemden in Größe XXXL sparen können. »Aber besser spät als nie!«, dachte Hardy, während er begeistert seinen

Zugewinn an Schritten kontrollierte. Hardy Metz war zufrieden. Schließlich war er auf einem guten Weg und seine Gesundheit würde es ihm in jedem Fall danken.

Am nächsten Tag allerdings begannen die Probleme. Es war Wochenende, draußen regnete es in Strömen und die einzigen Wege, die Herr Metz in seiner sechzig Quadratmeter großen Wohnung zurücklegte, beschränkten sich vom Sofa zum Kühlschrank beziehungsweise zur Toilette und zurück. Als er eine Zeit lang gemütlich auf der Couch lag, spürte er ein leichtes Kribbeln, das immer intensiver zu werden schien. Schnell hatte er das Gefühl, dass sein linker Arm langsam taub wurde. »Um Gotteswillen«, dachte er. Hoffentlich würden diese Symptome keinen Herzinfarkt ankündigen. Hektisch und angsterfüllt versuchte er seinen neuerworbenen Fitnesstracker auszuziehen, aber die filigrane Schließe des Armbandes ließ sich nicht öffnen. »Verdammt, was ist das denn jetzt?« Hardy wuchtete seinen massigen Körper ungelenk vom Kanapee, während sein Arm fast schon gefühllos war. Irgendetwas piepste nun laut. So unangenehm und penetrant, dass es sich um eine Warnung handeln musste. Hardy griff mit seiner rechten Hand nach seinem linken Handgelenk, das wie abgestorben wirkte. Trotz all der Angst vor seinem nahen Ende erkannte er drei Großbuchstaben auf dem Uhrendisplay, die zudem noch signalrot flackerten. „RUN"- LAUF!

Da der arme Mann mittlerweile nicht mehr wusste, wo ihm der Kopf stand, warf er sich zumindest seine Jacke über und stürmte aus der Wohnung. Nur gut, dass bei dem Wetter kein Mensch draußen war. Es regnete so stark, dass niemand auch nur seinen Hund vor die Tür gejagt hätte. So lief Hardy einfach vorwärts und der Nase nach. Geradeso als wenn der Leibhaftige hinter ihm her wäre. Eigentlich war es eher ein unbeholfenes Stolpern, da er noch seine Filzpantoffeln trug, die immer schwerer wurden. So sehr er sich auch anstrengte, den Pfützen auszuweichen, saugten seine Schlappen das Regenwasser regelrecht ein. Dabei war das, aber nicht seine Schuld, da er vor seinem abrupten Aufbruch nicht in der Lage war, seine Straßenschuhe mit nur einer Hand anzuziehen. Als er gut und gerne eine halbe Stunde unterwegs war, spürte er, dass sich sein linker Arm wieder bewegen ließ. Es fühlte sich so an, als ob sein Blut endlich wieder frei zirkulieren konnte. Halbwegs erleichtert drehte er sein linkes Handgelenk nach innen, um auf seinen Fitnesshelfer zu schauen. Das schwarzglänzende Display zeigte keine signalroten Lettern mehr an, stattdessen erschien ein grüner Smiley, der sich mit einem Stern und der geleisteten Schrittzahl abwechselte. »Herzlichen Glückwunsch! Sie haben ihre eingestellten 10.000 Schritte erreicht.«

Eine halbe Stunde später; er hatte gerade völlig durchnässt seine Wohnung betreten, gelang es ihm dann doch, sich seiner Smartwatch zu entledigen. Ohne Probleme ließ sich nun auch die filigrane Schließe des Silikonarmbandes öffnen. Völlig genervt warf er das Teil sofort in den Mülleimer und schwor sich gleichzeitig, dem Hersteller zumindest eine negative Rezension zu verpassen. Ach Unsinn, verklagen würde er die Firma. Schließlich war das, was geschehen war, mindestens Nötigung oder doch schon schwere Körperverletzung. Mit Blick auf den Mülleimer saß Hardy immer noch aufgewühlt auf einem Küchenstuhl und versuchte einen klaren Kopf zu bekommen. Was hatte dieser Gegenstand denn nur mit seinem Körper angestellt? Was wäre wohl geschehen, wenn er nicht Hals über Kopf dem Befehl dieses ominösen Dings nachgekommen wäre? Würde er jetzt hier irgendwo tot in der Ecke liegen? Eine Stunde später sah er die Sache dann doch in einem anderen Licht. Wer würde ihm auch glauben, dass seine Fitnessuhr ihn beinahe getötet hätte. Wenn er so etwas nur laut äußern würde, könnte er sich genauso gut gleich selbst in die geschlossene Psychiatrie einweisen. Hardy Metz setzte sich vor seinen Computer, um mehr über den Hersteller seiner „Fit-Bite" zu erfahren, aber ohne Erfolg. Stattdessen fand er nur Produkte einer amerikanischen Firma, deren Name sich durch einen simplen Buchstaben unterschied. Auch die App, die er zwei Tage zuvor heruntergeladen hatte, existierte nicht mehr. »Kein Wunder, wahrscheinlich ist die Herstellerfirma schon bankrott«, dachte er, als sein linkes Handgelenk fürchterlich zu schmerzen begann. Es pochte und brannte wie die Hölle und je mehr er daran rieb, desto schlimmer wurde die Qual. Er starrte zitternd auf seine Hand, die wiederum taub zu werden schien. Da blinkte doch etwas? Tief unter der Haut konnte er ein periodisches Leuchten erkennen, das sich immer tiefer in den Knochen einzugraben schien. Gleichzeitig schrillte es von irgendwoher. Keine Frage, das Geräusch kam aus dem Mülleimer. Hardy Metz sprang schmerzerfüllt und mit Tränen in den Augen von seinem Computerstuhl auf, fischte das ominöse Ding aus den Küchenabfällen, um es schmutzig, wie es war, erneut um sein linkes Handgelenk zu binden. Schlagartig verschwanden die Schmerzen und als ob sich dieses dreckige Teil auch noch über ihn lustig machen wollte, erschien ein grüner Smiley, unter dem „Welcome back" zu lesen war.

Am folgenden Tag fuhr er als erstes ins örtliche Krankenhaus. Natürlich erzählte er dem behandelnden Arzt nicht von diesem bösartigen Tool, sondern nur von seinen schrecklichen Schmerzen. Sein Handgelenk wurde untersucht und sogar geröntgt, aber die Ursache für seine Pein konnte nicht festgestellt werden. Stattdessen musste Hardy sich noch einen dummen Spruch gefallen lassen. Angesichts seiner Körperfülle konnte sich der junge Mediziner nicht verkneifen, ihm ein »Bewegung ist wichtig« mitzugeben. Als ob das noch nicht genug wäre, hängte der Doktor noch ein: »Also treiben Sie im eigenen Interesse mehr Sport!«, daran.

Als Hardy das Hospital verließ, ahnte er, dass sie ihn als Simulant abstempeln würden. Welche Möglichkeiten hatte er noch? Er verfluchte den Tag, an dem er sich dieses Ding bestellt hatte. »Kostenlos«, dachte er verbittert. Nie wieder würde er auf so eine billige Masche hereinfallen, aber nun musste er sich damit abfinden, wahrscheinlich den größten Fehler seines Lebens gemacht zu haben. Hardy fuhr anschließend auf direktem Weg zur Arbeit und musste sich auch dort das eine oder andere anhören. Sein Chef, der vor kurzem das Golfspielen für sich entdeckt hatte, schwurbelte etwas von gesunder Ernährung, als sein Angestellter sich wieder zurückmeldete. Hardy wusste, dass keine

Menschenseele und erst recht nicht sein Vorgesetzter ihm bei diesem unsäglichen Kampf helfen würden und begann, sich in seine Büroarbeit zu vertiefen. Kurz vor der Mittagspause kamen dann die Schmerzen. Wieder begann die Folter mit einem leichten Taubheitsgefühl in den Fingerspitzen. Kurz darauf fühlte sich die Haut unter seinem Fitnesstool in etwa so an, als ob sie gerade mit einer heißen Herdplatte Bekanntschaft machen würde. Fünf Minuten vor zwölf sprang Hardy Metz regelrecht aus seinem Bürostuhl und lief unter den irritierten Blicken seiner Arbeitskollegen nach draußen. Er musste jetzt einfach sein vorgegebenes Soll erfüllen. Bei jedem einzelnen Schritt hatte er das Gefühl, dass die Pein langsam nachlassen würde. Also spazierte er wiederum zügig durch die angrenzenden Straßen und kam erst kurz vorm Ende seiner Mittagspause schmerzfrei, aber überaus erschöpft zurück ins Büro. Völlig durchgeschwitzt setzte er sich wieder an seinen Arbeitsplatz, um sogleich das Getuschel seiner Kollegen mitbekommen zu müssen. Gott sei Dank hatte es zumindest gerade nicht geregnet, aber durchnässt war er allemal. Gar nicht auszudenken, wenn er in so einem Zustand zu einer Konferenz oder gar zu einem Geschäftskunden müsste. Es war zwar noch Winter, aber im Sommer würde er sich sicherlich bei seinem „Powerwalking" zu Tode schwitzen, um anschließend von einem seiner Vorgesetzten wegen Geruchsbelästigung abgemahnt werden zu können.

Ein paar Stunden danach saß Hardy wieder allein in seiner kleinen Wohnung. Während der eingefleischte Junggeselle überlegte, wem von den wenigen Menschen, denen er vertraute, er denn wohl von seinem Malheur erzählen könnte, klingelte sein Handy. Der nachdenkliche Mann erschrak leicht, nahm dann aber das Mobiltelefon, um sich einen Moment lang zu überlegen, ob er das Gespräch überhaupt annehmen sollte. „Unbekannter Anrufer" zeigte das indirekt beleuchtete Telefondisplay blinkend an. Zögernd drückte er die Annahmetaste, um sich danach nur mit seinem Nachnamen zu melden. »Metz«. Nun herrschte ein paar Sekunden lang absolute Stille, bis eine angenehme Frauenstimme zu vernehmen war. »Hallo Herr Metz. Schön, dass ich sie erreiche. Ich wollte mich nur kurz erkundigen, ob sie mit unserer kostenfreien Beta-Version auch zufrieden sind. Die KI-gesteuerte Fit-Bite ist schließlich unser neuestes Produkt und der absolute Stand der …«Weiter ließ Hardy die Frau am anderen Ende der Leitung auch gar nicht erzählen. Stattdessen schrie er beinahe hysterisch ins Telefon. Zehn Minuten später saß ein völlig konfuser Mann in seiner kleinen Küche und suchte verkrampft einen Ausweg aus seiner Misere, aber seine wirren Gedanken drehten sich permanent im Kreis. Dabei war das etwas, was man durchaus als Teufelskreis bezeichnen konnte. Er war dieser dubiosen Firma gnadenlos ausgeliefert, das hatte ihm die Anruferin zu Anfang des Telefongesprächs schon vehement klargemacht. Wenn Hardy auf ihren Vorschlag, der wohl eher Befehlscharakter hatte, eingehen würde, wäre alles wieder wie vorher. Die Hersteller seiner Fit-Bite würden dieses teuflische Tool zurücknehmen, aber nur, wenn er genau das getan hatte, was sie von ihm verlangten. Würde er sich weigern, könnte man sein tägliches Schrittziel durchaus auf hunderttausend Schritte einstellen, was in etwa einer Etappe von circa sechsundsiebzig Kilometern entsprach. Dabei wäre das noch lange nicht das Ende des Möglichen. Permanente, unsagbare, höllische Schmerzen wären bei Nichterfüllung der Ziele die konsequente Folge seines Fehlverhaltens. Nur wäre das seine persönliche Entscheidung und somit hätte Hardy Metz schließlich die Qual der Wahl, den negativen Sanktionen zu entgehen. Nun gut; in ein paar Tagen bekäme er erneut ein Paket zugeschickt. Darin würden sich sowohl weitere Instruktionen als auch ein passendes Werkzeug befinden. Bis dahin könnte er noch etwas an seiner Kondition arbeiten. Bevor die Anruferin auflegte, wünschte sie Hardy noch viel Glück bei seiner Aufgabe und dass er hoffentlich besser als ein gewisser Silvio Maurovalo dafür geeignet wäre. Kurz nach der Beendigung des ominösen Anrufs kritzelte Hardy den italienischen Namen hektisch auf ein Stück Zeitungspapier, um ihn nicht zu vergessen. Sekunden später wurde ihm auch schmerzlich klar, was diese Anruferin mit „Arbeiten an seiner Kondition" gemeint hatte. Schlagartig setzten die Schmerzen wieder ein und ihn überfiel das kalte Grausen, als er sah, dass sein Fitnesstracker sein angegebenes Schrittziel gerade selbstständig verdoppelt hatte. Linderung konnte nur das Laufen bringen, also rannte er nach draußen, um durch den halben Ort zu marschieren. Mittlerweile musste Hardy schon im Voraus jede Menge Schritte sammeln, um sich danach wenigstens ein paar Stunden ausruhen zu können. Nach ungefähr zwei Stunden unruhigem Schlaf weckten ihn aufkommende Schmerzen wiederum unsanft auf. Dann half nur noch schnelles Gehen gegen die Qualen. Es war die absolute Folter und das nur, um ihn gefügig zu machen. Der Ausdruck: „Gefügig machen" war sicherlich noch untertrieben. Fit-Bite respektive die Teufel dahinter, wollten nichts anderes, als ihn und seinen eigenen Willen vollständig zu brechen. Natürlich meldete sich Herr Metz am nächsten Tag krank, denn seiner Schreibtischarbeit konnte er definitiv nicht nachkommen. Als der Mann nach einem langen Spaziermarsch wieder nach Hause kam, lag ein unauffälliges Paket vor seiner Haustür. Fluchend, aber auch irgendwie erleichtert nahm er es mit nach drinnen, legte es vorsichtig auf seinen Küchentisch, um es sogleich mit einem flauen Gefühl in der Magengrube zu öffnen. Was sich in dem Paket befand, wunderte ihn nicht wirklich, denn er hatte am vorigen Abend diesen italienischen Namen gegoogelt. Wie es sich herausstellte, war Silvio Maurovalo ein junger Krimineller, der vor ungefähr zwei Jahren Amok lief.

Die italienischen Behörden mutmaßten, dass dieser ominöse Maurovalo, das Oberhaupt der römisch-katholischen Kirche mit einem langen Küchenmesser meucheln wollte, doch dieses Attentat auf den Papst scheiterte Gott sei Dank kläglich mit dem Resultat, dass die italienische Polizei den konfusen Angreifer noch auf dem Petersplatz eliminieren konnte. Im Internet fand Hardy sogar ein einzelnes Foto, das irgendjemand im Vatikan geschossen haben musste. Darauf sah man eine Person auf der Erde liegend, wobei das Gesicht, wie in solchen Fällen üblich, unkenntlich gemacht worden war. Hardy fiel aber sofort der verdrehte linke Arm der Leiche auf. Wenn ihn nicht alles täuschte, hatte der tote Silvio den gleichen Fitnesstracker an seinem Handgelenk, den auch er unseligerweise mit sich herumschleppen musste.

Maurovalo hatte also versagt und war an Ort und Stelle getötet worden. »Vielleicht war es das Beste, was dem jungen Mann passieren konnte!«, dachte Hardy nur. Zumindest waren mit dem Tod auch alle Schmerzen vorbei und Fit-Bite hatte keine Macht mehr über ihn. Aber die Firma hatte aus dem Versagen des Italieners durchaus ihre Lehren gezogen. Diesmal gaben die Leute ihren Akteuren genaue Anweisungen und legten auch ein effektives Werkzeug bei. Hardy scheute sich etwas, die matt-schwarzlackierte Pistole aus dem Paket zu nehmen. Die Waffe war bereits geladen und halbwegs idio-tensicher. So stand auf einem Beipackzettel nur, dass man sie vor der Schussabgabe erst noch entsi-chern musste. Mehr nicht; darauf wäre Hardy auch noch selbst gekommen, aber irgendwie war es dann doch ein leichter Hoffnungsschimmer, dass sie nicht alles über ihn wussten. Obwohl das seine Lage auch nicht verbesserte, las er zitternd, aber hochkonzentriert ihre Anweisungen, die ihn letzt-lich so aufregten, dass er sich umgehend übergab. Wieder musste Hardy an den Italiener denken. Alle Welt dachte an einen geistig verwirrten Spinner, dabei kannten nur wenige Menschen die Wahrheit. Genauso würde es auch bei ihm laufen, wenn sie ihn nach dem erzwungenen Auftragsmord in die Finger bekämen. Es wäre wohl das Schlauste, wenn er sich hier und jetzt selbst richten würde. Die geladene Waffe lag schließlich direkt vor ihm auf dem Küchentisch. Das war allerdings nicht der Ausweg, den er wählte, denn er wollte weiterleben und das alles wieder so wie vorher war. Insofern blieb ihm keine Wahl. Hardy Metz würde tun müssen, was sie verlangten.

Gerade als die Schmerzen wieder einsetzten, um ihn abermals zum Laufen zu zwingen, kam der Anruf. Die Stimme am anderen Ende der Leitung stellte ihm nur eine simple Frage: »Wie haben Sie sich entschieden?« Es dauerte eine gefühlte Ewigkeit, bis er darauf antworten konnte. Aber sobald Hardy der Anruferin seine Mitarbeit zugesichert hatte, hörten auch die Schmerzen abrupt auf. In einer beinahe mitfühlenden Stimmlage versicherte die Anruferin dem geschundenen zukünftigen Mörder, dass seine Fit-Bite gerade in dieser Sekunde auf Stand-by geschaltet wurde. Zumindest vorübergehend, denn er sollte sich vor seiner Tat noch etwas ausruhen können.

Am nächsten Vormittag stand Hardy auf dem weitläufigen Platz, ungefähr fünfzig Meter vom städtischen Rathaus entfernt. Dort hatte sich mittlerweile eine Menschenmenge versammelt, die aus drei-bis fünfhundert wartenden Personen bestand. Fast alle Augen waren auf die Eingangstreppe gerichtet, wo sich nun einige Bodyguards postierten. Endlich öffnete jemand die riesige Tür und nur Sekunden später verließ der Oberbürgermeister seine Wirkungsstätte. Unmittelbar danach schritt dann auch der Ministerpräsident zu einem provisorisch aufgebauten Rednerpult, das einer kleinen Kanzel glich. Sobald er das ihm gereichte Mikrofon in der Hand hielt, begann er sichtlich gut gelaunt mit seiner Festtagsrede. Nur zwanzig Meter trennten Hardy nun noch von seinem designierten Opfer, wobei die Personenschützer so schlecht postiert waren, dass sie ihrem Auftrag keinesfalls nachkommen konnten. Nervös berührte der Attentäter die kompakte Neunmillimeter, die er versteckt unter der Jacke trug. Der Politiker, der wie ein Pfaffe auf dieser Pseudokanzel predigte, war von hier unten einfach zu attackieren. Insofern störten Hardy Metz auch nicht die vor ihm stehenden Zuschauer, die ihrem Idol an den Lippen hingen. Der Mann mit der Pistole würde über ihre Köpfe hinwegschießen, um dann wieder frei sein zu können. Nur die Flucht würde problematisch, vor allem weil man mit einer anschließenden Massenpanik rechnen musste, bei der sich Zuschauer gegenseitig tottreten könnten. Vielleicht würde Hardy auf seinem Rückzug ja auch erschossen, aber zumindest quälte ihn der Fitnesstracker dann nicht mehr. Jetzt, da sich der Mann alle diese Gedanken aus dem Kopf schlug, zählte nur noch die Ausführung. Noch zehn Sekunden, dann würde er sein Magazin leeren. Acht Projektile auf den Ministerpräsidenten müssten für den Mordauftrag ausreichen. »Sorry, aber es ist nichts Persönliches«, flüsterte Hardy, als er nach der Waffe griff. Doch dann passierte etwas, was der Mörder in spe so nicht vorausahnen konnte. Urplötzlich nahm der Landesvater ein kleines Kind auf den Arm, das fröhlich in die Menge winkte. Als Nächstes kam eine attraktive Frau nahe ans Rednerpult, die demonstrativ zwei kleine Jungs an den Händen hielt. Hardy Metz war geschockt. Der Politiker hatte seine Ehefrau und seine drei Kinder dabei. Damit hätte der Pistolero nicht gerechnet; niemals würde er unter diesen Voraussetzungen schießen. Desillusioniert, aber unauffällig verließ Hardy daher den Rathausplatz, um sich auf den Nachhauseweg zu machen. Sein Versagen konnte jetzt nur eine Konsequenz haben, das war nun so sicher wie das Amen in der Kirche. Sobald er daheim war, würde er sich eine Kugel in den Kopf jagen, denn dass er sein altes Leben wieder zurückbekäme, könnte er getrost vergessen. Bevor die unsäglichen Schmerzen beginnen würden, würde er all dem ein selbstbestimmtes Ende bereiten. Er hatte sich damit abgefunden, warf den sadistischen Fitnesstracker auf den Küchentisch und nahm die Pistole in seine rechte Hand. Es dauerte nicht lange, dann konnte er tief in seinem linken Handgelenk einen leichten Lichtschimmer erkennen. Das musste die winzige Sonde sein, die mit dieser sadistischen Fit-Bite zusammenarbeitete. Bald würden die Qualen wieder beginnen. Aber halt … dieses winzige Element, das sich in seinem Knochen so gut versteckte, dass selbst die Ärzte es beim Röntgen nicht erkennen konnten – er müsste nur -... Ja, das wäre machbar. Vielleicht müsste er sich nur von seinem linken Unterarm trennen, um der verfluchten Fit-Bite zu entkommen. Zielstrebig nahm er aus der Küchenschublade ein Fleischerbeil heraus, setzte sich an den Tisch, holte aus und schlug einige Male zu. Das Blut spritzte in alle Richtungen. Hardy schrie sich die Seele aus dem Leib, bis er letztlich wegen der irrsinnigen Schmerzen die Besinnung verlor.

Als er die Augen wieder öffnen konnte, saß er vor seinem eingeschalteten Computer. Sein linker Arm war eingeschlafen, alles tat ihm weh und außerdem fühlte sich er benommen, aber auch hungrig. Seine alte Armbanduhr zeigte 02:30 Uhr an. So schaltete er den Rechner aus, nachdem er sich zögerlich von der Verkaufsplattform abgemeldet hatte.

Er konnte gerade noch erkennen, dass die ganze Zeit wohl ein Werbevideo eines bekannten Fitnessgeräteherstellers in Endlosschleife gelaufen sein musste. Das war dem soeben erwachten Mann jetzt aber auch völlig egal. Hardy Metz schleppte seinen übergewichtigen Körper mühevoll zum Kühlschrank, um aus dem obersten Fach sogleich einen Ringel Fleischwurst herauszufingern.

Er musste doch noch eine Kleinigkeit essen, bevor er zu Bett ging. Aber morgen würde er ganz sicher mit Sport und dem Abnehmen beginnen. Zumindest hatte er es fest vor.

7. Level 5

Wütend betrat Torben sein Kinderzimmer, und um seinem Unmut Nachdruck zu verleihen, schlug er die Tür mit aller Gewalt hinter sich zu. Diese blöden Erwachsenen nahmen sich einfach das Recht heraus, ihn ständig und für jeden Mist maßregeln zu müssen. Seine Mutter Tanja hatte ihm schon zum zweiten Mal in dieser Woche sprichwörtlich die Ohren langgezogen, und alles nur wegen seiner Musik. Die eigentliche Schuld für diese hitzigen Moralpredigten trug allerdings die Nachbarin ... zumindest nach Torbens Auffassung. Sobald er die Bässe seiner Soundanlage etwas aufdrehte, beschwerte sich die alte Frau im Nachbarhaus darüber, dass ihr das teure Geschirr angeblich aus dem Küchenschrank springen würde. »Egal«, dachte sich der Dreizehnjährige, denn seiner Meinung nach hatte die Alte doch ohnehin nicht mehr alle Tassen im Schrank. »Diese schrullige Hexe nutzt es nur aus, dass mein Vater nicht mehr da ist ... Verdammt ... Bei ihm hätte sie sich nicht laufend beschwert, dazu hätte ihr schlichtweg der Mut gefehlt!« Torben schossen Tränen in die Augen, wenn er daran dachte. Es war auch nicht einfach, vor allem nicht für Torbens verwitwete Mutter, ihrem Erziehungsauftrag immer und überall nachzukommen. Der Junge durfte seinen Vater nie kennenlernen und das Einzige, was blieb, waren ein paar gerahmte Fotos, die langsam an der Wohnzimmerwand vergilbten.

An einem schönen Sommertag vor circa zwölfeinhalb Jahren schob Tanja gerade ihr Baby im Kinderwagen den Gehweg entlang, als die Nachricht kam. Eine Information, die man selbst seinem schlimmsten Feind nicht wünschen würde. Torbens Vater Chris wollte doch nur kurz zur Bäckerei, um für seine Familie ein paar frische Backwaren zu besorgen. Wer konnte ahnen, dass der Mann nicht wieder nach Hause kam. Der Tod musste sofort eingetreten sein. So zumindest erzählte Tanja es ihrem Sohn, als er einmal danach fragte. Ob es wirklich ein schneller, vielleicht sogar fast schmerzloser Tod war, das wusste sie nicht wirklich, aber so hatte man es ihr zumindest berichtet, um sie nicht zusätzlich zu quälen. Chris hatte das rote Lichtsignal einer Kreuzungsampel übersehen, als der riesige Sattelschlepper zeitgleich im Querverkehr unterwegs war.

Heutzutage konnte ein derartiger Unfall eigentlich nicht mehr geschehen. Gerade in den letzten zehn Jahren hatte sich die Automobiltechnik komplett verändert. Mittlerweile gab es fast ausschließlich selbstfahrende Wagen, deren aktive und passive

Sicherheitsstandards keine Wünsche mehr offenließen. Hätte Torbens Vater Chris in einem dieser Fahrzeuge gesessen, würde er heute noch leben, denn mittlerweile war der „Risikofaktor Mensch" als „Führer des Fahrzeugs" ohnehin zu vernachlässigen, weil er nicht mehr aktiv ins Verkehrsgeschehen eingreifen konnte. Die sogenannten Level 5-Mobile konnten sogar ohne Passagiere fahren. Susanne Kräm, die von allen nur „Oma K" gerufen wurde, gefiel es, sich vom eigenen Auto in der Gegend herumkutschieren zu lassen. Der betagten Frau kam diese selbstfahrende Mobilität auch wirklich zugute. Sie war nämlich genau die Kundin, der diese autonome Automobiltechnik überhaupt noch Unabhängigkeit ermöglichte. Ihr vorheriger Wagen hatte sie über die letzten Jahre ausgiebig gequält. Beulen und Kratzer waren da noch das wenigste, denn je älter Ihre Augen und je schlechter ihre Reaktionsfähigkeit wurde, desto schmäler wurde (zumindest ihrer Meinung nach) … auch ihre Garageneinfahrt. Letztes Jahr erbarmten sich allerdings ihre Kinder, um für ihre geliebte Mutter einen brandneuen IMO anzuschaffen. Mit diesem Fahrzeugkauf schlugen Susannes angehende Erben zwei Fliegen mit einer Klappe: Zum einen war ihre Mutter froh und glücklich, auch weiterhin mobil sein zu können, und zum anderen musste sich niemand die Zeit nehmen, um „Oma K" durch die Gegend zu chauffieren. Es war also nicht nur ein herzliches Geschenk an die Mutter, sondern vor allem purer Eigennutz, der bei dem Kauf des selbstfahrenden IMO eine Rolle spielte. Frau Kräm musste vor der Fahrt zum Hausarzt lediglich die Praxisadresse auf dem riesigen Bediendisplay inmitten des futuristischen Armaturenbrettes ihres IMO eingeben. Sobald nun der Startknopf gedrückt wurde und das Gurtschloss einrastete, ging es auch schon los. Susanne Kräm liebte ihr neues Auto, indem sie trotz all ihrer körperlichen Gebrechen durch die Gegend brausen konnte. Allerdings kostete die Navigation, respektive die Zieleingabe schon einige ihrer fast achtzigjährigen Nerven. Das Tippen auf dem Hochglanzdisplay fiel ihr merklich schwer, umso erleichterter fühlte sie sich, als einer ihrer Söhne ihr äußerst geduldig zeigte, wie sich auch über Sprachbefehle ihre Zielorte eingeben ließen. Das nach Hause finden war allerdings kein Problem, da einer ihrer Lieben ihre Heimatadresse vorsorglich eingespeichert hatte. Die alte Frau musste dafür nur auf ein signalgrünes Häuschen drücken, um sich dann irgendwann wieder vor ihrem geliebten Eigenheim wiederzufinden. Solange Susanne Kräm noch klar im Kopf war, würden ihre Zöglinge ihr auch den IMO lassen, wobei auch alle hofften, dass das noch ein paar Jahre so bleiben würde.

Für Torben allerdings entwickelte sich „Oma K"
sprichwörtlich zu einem „roten Tuch". Wegen all
ihrer Beschwerden hatte der Junge sie alles andere
als ins Herz geschlossen. Der Dreizehnjährige
hoffte insgeheim, dass Gevatter Tod doch bitte
schön schnellstmöglich an ihre Haustür klopfen
möge. Derartige Gedanken zauberten Torben sogar
ein verschmitztes Lächeln auf die Lippen, wenn er
sich mal wieder über seine Nachbarin ärgerte.
Eigentlich schade, dass sie nun dieses selbstfahrende Auto hatte. Davor bot ihr Fahrstil des Öfteren Raum für Schadenfreude. Auf seinem Smartphone hatte der Junge sogar ein kurzes Video
abgespeichert, das er vor ungefähr einem Jahr auf-
genommen hatte. Darauf war Frau Kräm zu sehen,
wie sie in ihrem vorherigen Auto zuerst einen Teil
eines Mäuerchens niedermachte, um danach das
Rosenbeet völlig umzupflügen. »Diese blöde alte
Schachtel hat einfach nur Glück, dass es künstliche
Intelligenz gibt«, dachte sich Torben jedes Mal,
wenn er sich dieses selbstgedrehte Filmchen
anschaute. Apropos Videos; vor nicht allzu langer
Zeit sah er sich einen kurzen Film auf seinem
Smartphone an, der viral ging. Dabei wurde ein
selbstfahrendes Auto gezeigt, das auf einem
amerikanischen Highway fuhr. Alles schien in Ord-
nung zu sein, bis eine Person, die versteckt am Stra-
ßenrand gewartet hatte, sich an einem kleinen
Bedienteil zu schaffen machte. Gleich darauf über-

nahm dieser Jemand von außen die Steuerung des Wagens, um die selbstfahrende Karre zu beschleunigen, von der Fahrbahn abzubringen und kurz danach … einen steilen Abhang hinunterzujagen. Unnötig zu erwähnen, dass das teure Auto anschließend schrottreif war. Nur gut, dass sich augenscheinlich keine Insassen in dem Pkw befanden.

Nachdem Torben das gesehen hatte, ließ der Gedanke daran ihm keine Ruhe mehr. Nachts träumte er davon, dass er selbst mittels Fernsteuerung den neuen IMO seiner Nachbarin über eine steile Klippe manövrieren würde. Nur mit dem Unterschied, dass sich in seinen Träumen eine gute Bekannte im Wagen befand. In seiner Illusion stürzte das Auto den felsigen Abhang hinunter, um im Anschluss auseinanderzubrechen und in Flammen aufzugehen. Hysterisch schreiend, blutend und brennend bezahlte Frau Kräm nun endlich dafür, dass sie ihn unentwegt bei seiner Mutter anschwärzte. Bei der Vorstellung, dass er die alte Schachtel so um die Ecke bringen konnte, lächelte er sogar im Schlaf. Von nun an interessierte sich der Dreizehnjährige sehr für das sogenannte „Car Hacking" und nutzte jede Chance, um sich darüber ausgiebig zu informieren. Interessanterweise waren diese autonomen Fahrzeuge permanent online und genau darüber bestand die Möglichkeit, die Achillesferse des IMO auszuspähen. Nach wochenlangen Recherchen wusste Torben so einiges über das Auto seiner Nachbarin. Die Verwundbarkeit dieser Technik wurde dem Jungen mehr und mehr klar. Genauso wie Laptops, PCs und Mobiltelefone zum Ziel von Hackern werden konnten, sobald sie online waren, so würden auch autonome Autos niemals sicher vor irgendwelchen Cyberangriffen sein. Daher brachten selbst Firewalls oder ähnliche Systeme keinen absoluten Schutz. Natürlich hatte Torben nicht wirklich vor, die ältere Dame mithilfe ihres Fahrzeugs umzubringen, aber eine Heidenangst machen wollte er der nervigen Petze schon. Dann war es endlich so weit. Mittels des ominösen Darknets und befreundeter Computerfreaks hatte er sich die notwendigen Geräte besorgt, um seinen perfiden Plan in die Tat umsetzen zu können. Da „Oma K" nicht den geringsten technischen Sachverstand hatte, brauchte er keine Angst zu haben, dass sie seine Manipulation sofort entdecken würde. Im Prinzip ging Torben den technisch einfachsten Weg. Er musste nur einen kleinen Adapter in die Diagnosebuchse des Autos stecken und eine winzige Dashcam hinter der Windschutzscheibe platzieren. Über diesen Adapter konnte er dann sämtliche Fahrbefehle online beeinflussen. Dabei würde ihm die Miniaturkamera das zeigen, was er sehen musste, um den Wagen auch mittels seines Notebooks zu bedienen. Eine andere weit elegantere Möglichkeit wäre der Cyberangriff auf das Infotainmentsystem des IMO gewesen, allerdings hätte er dann bis zum nächsten Software-Update warten müssen. Diese Serviceupdates des Fahrzeugherstellers wurden schon lange online, gewissermaßen „Over the air" durchgeführt, was definitiv ein bekanntes Einfallstor für Hackerangriffe darstellte. Bei Torbens Planung musste er allerdings zuerst einmal ins Wageninnere gelangen, um sowohl den Adapter als auch die kleine Kamera zu platzieren. Doch schon am folgenden Tag ergab sich dafür die Möglichkeit. Frau Kräm kam gegen Nachmittag vom Einkaufen zurück. Während die ältere Frau sich damit abmühte, die schweren Tüten in ihre Wohnung zu tragen, ergriff Torben seine Chance. Der Wagen war nun offen und die beiden Geräte verhältnismäßig zügig verbaut. Aber fast hätte Oma K ihn trotzdem noch erwischt, als er sich vom Wagen entfernen wollte. Geistesgegenwärtig nahm er sich eine Einkaufstüte und tat so, als ob er seiner Nachbarin gerade etwas Gutes tat. Dabei kam ihm sogar ein gezwungenes Lächeln über die Lippen, als die Frau sich daraufhin für seine Hilfe freundlich bedankte. Am nächsten Morgen war es dann so weit. Frau Susanne Kräm wollte zu ihrem Hausarzt und Torben wartete voller Vorfreude und gleichzeitiger Anspannung in seinem Kinderzimmer, während er immer wieder aus dem Fenster schaute. Schließlich waren

Sommerferien, so konnte er das Nachbarhaus, wenn es sein müsste, den ganzen Tag observieren. Sobald das Auto online war, sah Torben fast zeitgleich auf seinem Laptop, welches Ziel sein angehendes Opfer gerade eingegeben hatte. Lachend änderte er die Zieladresse, ließ sich aufs Bett fallen und schaute sich die Autofahrt über die Miniaturkamera in ganzer Länge an. Nur schade, dass er das dumme Gesicht seiner Nachbarin nicht sehen konnte, wenn sie am Zielort ankam. Anstatt vor der Praxis ihres langjährigen Hausarztes vorzufahren, fuhr ihr Auto sie auf direktem Weg zum städtischen Zentralfriedhof. Dort angekommen, dauerte es ein paar Minuten, bis eine völlig konfuse Oma Kräm auf dem sandigen Parkplatz ausstieg. Torben grölte und als die verwirrte Frau kurzzeitig in den Aufnahmebereich der versteckten Dashcam geriet, musste sich der Dreizehnjährige den Bauch vor Lachen halten, bis das Zwerchfell schmerzte. Dann brach urplötzlich die Verbindung ab. Torbens Mutter Tanja hatte beim Putzen versehentlich den Stecker des WLAN-Routers herausgezogen. »Verdammter Mist«, fluchte der Junge laut, während er aus seinem Kinderzimmer stürmte. Schimpfend und vorwurfsvoll zu seiner Mutter blickend, stöpselte er den Netzstecker wieder in die Box. Tanja gefiel diese Aktion ihres Zöglings gar nicht. »Musst du den ganzen lieben langen Tag vor dem blöden Internet sitzen? Du könntest deine Ferien wirklich besser nutzen und mir wenigstens ab und zu zur Hand gehen. Die Hecke vorm Haus müsste auch mal wieder geschnitten werden.« Torben hörte seiner Mutter gar nicht zu. Stattdessen rannte er wutschnaubend wieder in sein Zimmer. Als der Junge einen Blick nach draußen durch das Fenster warf, sah er, dass der IMO seiner Nachbarin gerade wieder die Einfahrt hochrollte. Verdammt, wie gerne hätte Torben Oma Kräm noch ein wenig in der Gegend herumgeschickt. Er hatte sich weitere Ziele auf ein kleines Stück Papier notiert. Anstatt zu ihrem Hausarzt hätte er sie gerne zum Schlacht-hof, zum Bestatter und ins Rotlichtviertel manöv-riert. Aber übertreiben durfte er es natürlich nicht, denn wenn seine Manipulationen an ihrem IMO auffielen, hätte der Spaß ein jähes Ende. Ein wenig enttäuscht schaltete Torben seine Stereoanlage an, um wie gewohnt den Sound seiner riesigen Bass-boxen auszukosten. Provokativ öffnete er das Zimmerfenster und natürlich geschah nun das, was vorauszusehen war. Keine zwei Minuten später hämmerte seine Mutter mit den Fäusten gegen die abgesperrte Tür seines Kinderzimmers. Gleichzeitig hörte Torben das Haustelefon klingeln. Sicher war es Frau Kräm, die sich mal wieder beschwerte. Als das Türklopfen mit einem Mal abbrach, konnte der Junge seine Mutter telefonieren hören. »Sicher doch Frau Kräm, ja … Sie haben natürlich recht, … ich werde jetzt mal andere Saiten aufziehen müssen. Ja, … Sie können sich darauf verlassen, Schönen Tag noch Frau Kräm und viel Spaß beim Friseur. Auf Wiederhören.« Torben verstand die Welt nicht mehr. Wie konnte seine Mutter nur so überaus freundlich und beinahe devot mit dieser alten Hexe umgehen? Warum hielt Tanja immer zu ihrer schrulligen Nachbarin und nicht zu ihrem eigenen Sohn? Genervt öffnete er seine Zimmertür, um erschreckt zurückzuweichen, als sich seine Mutter selbstsicher an ihm vorbeidrängte. Ohne auch nur ein Wort zu sagen, riss Tanja den Netzstecker der Stereoanlage heraus, um sofort wieder mit dem Kabel in der Hand aus dem Refugium ihres Sohnes zu verschwinden. Damit hätte Torben jetzt nicht gerechnet. Ohne dieses Teil funktionierte seine geliebte Musikanlage natürlich nicht mehr. Allerdings fokussierte er seinen Hass nur auf Frau Kräm, denn schließlich hatte diese Frau ja seine Mutter dazu genötigt. Ohne die permanenten Beschwerden von Oma K gäbe es zwischen ihm und seiner Mutter Tanja auch nicht so oft Streit. Im Prinzip sah Torben seine Mutter als auch sich selbst als Opfer dieser herrischen Nachbarin. Allerdings würde er ihr heute zeigen, „was drei Erbsen für eine Brühe geben". Tanja benutzte diesen Spruch des Öfteren, weil Torbens Vater Chris ihn zu Lebzeiten gerne mal zum Besten gab. Doch der Spruch war gut und der Dreizehnjährige wusste schon, wie er sich revanchieren konnte. Eine halbe

Stunde später war es so weit. Torben hatte sein Car-Hacking Programm gestartet und wartete, bis Frau Kräm ihr Ziel eingab. Das dauerte eine Weile. Wahrscheinlich kam die alte Dame weder mit den Tasten noch mit der Sprachunterstützung klar. In der Zwischenzeit hatte Torben genug Muse, dieses eingegebene Ziel zu ändern. Sollte er sie wieder zum Zentralfriedhof lotsen? Nein, dieses Mal würde er die Alte nicht mit einem kleinen Streich verwirren. Sollte sie sich doch die Haare stylen lassen. »Mal schauen, ob die Frisur der blöden Petze immer noch sitzt, wenn ich mit ihr fertig bin!«, sagte er zu sich selbst. Der Dreizehnjährige änderte nicht den Zielort, den Frau Kräm mit Ach und Krach eingegeben hatte. Oh nein, er änderte verschiedene Parameter ihrer Heimatadresse. Mit dem Gedanken an seine Rache und der Vorfreude auf alles, was noch kommen würde, klappte er sein Notebook zu und grinste über beide Wangen. Der Friseurbesuch dauerte sicherlich ein paar Stunden, aber er würde schon mitbekommen, wenn seine Widersacherin nach Hause kam. Gutgelaunt ging er in die Küche, um sich ein Marmeladenbrot zu schmieren. Anschließend schaute er ein wenig fern, aber da nur irgendwelche blödsinnigen Serien liefen, verlor er schnell die Lust daran. Seine Mutter war kurz aus dem Haus gegangen. Vielleicht sollte er sie ja überraschen. Im Spülbecken standen noch diverse Tassen und Teller, die könnte er doch zumindest in die Geschirrspülmaschine verfrachten. Er begann damit, bis ihm ein Brief auffiel, der offen auf dem Tisch lag. Neugierig stellte er fest, dass das Schriftstück an ihn gerichtet war. Als er es gelesen hatte, wurde ihm so manches klar. Warum hatte seine Mutter Tanja mit ihm über diese Sache noch niemals gesprochen? War es vielleicht Scham, den die Frau ihrem Sohn gegenüber empfand? Torben wurde es gleichzeitig heiß und kalt und bei all diesen Informationen war er kurz davor den Verstand zu verlieren. An dem besagten Tag, sprich an dem Tag, an dem sein Vater tödlich verunfallte, wurde Baby Torben doch von seiner Mutter im Kinderwagen geschoben. Als die schlimme Nachricht kam, war Tanja so schockiert, dass sie ihr Baby kurz aus den Augen verlor. Das Wägelchen machte sich in diesem unachtsamen Moment selbstständig, rollte auf die Straße und wäre sogleich von einem heranbrausenden Lieferwagen erfasst worden, wenn eine zufällig vorbeilaufende Person nicht geistesgegenwärtig reagiert hätte. Dieser Mensch war kein anderer als Torbens verhasste Nachbarin. Sie hatte ihn damals gerettet. Warum nur hatte ihm seine Mutter diese Geschichte nicht schon viel früher erzählt und sich erst jetzt diese Last von der Seele geschrieben. Höchstwahrscheinlich hatte Tanja sowohl bei ihrem Sohn als auch seiner Retterin nach all den Jahren immer noch ein schlechtes Gewissen. Mit pochenden Schläfen und beinahe panisch rannte Torben zurück in sein Kinderzimmer. Er klappte seinen Laptop auf und startete die Hacking-App, aber es tat sich nichts. Das Internet funktionierte nicht. Durch das gekippte Fenster hörte er schon von weitem das Geräusch von quietschenden Reifen. Wieder versuchte der Junge auf diese verdammte Car-Hacking Anwendung zu kommen, aber es gelang ihm nicht. Wahrscheinlich hatten Bauarbeiter in der Nähe versehentlich eine Glasfaserleitung beschädigt. Was um Gotteswillen hatte er nur getan? Torben hatte die Fahrparameter des IMO so geändert, dass der Wagen nur noch beschleunigen würde, sobald er in ihre Straße einbog. Völlig verzweifelt schaute Torben nach draußen, nachdem er seinen nutzlosen Laptop auf den Boden fallen ließ. Alles, was jetzt passieren würde, wäre allein nur seine Schuld. Sekunden später erblickte der Junge den völlig außer Kontrolle geratenen IMO. Gleichzeitig sah er seine Mutter mit einer Freundin vor dem Haus stehen. Die beiden Frauen unterhielten sich angeregt, ohne die heranbrausende Gefahr wahrzunehmen. Tanjas Freundin tätschelte ihre Tochter Emily liebevoll den Kopf, während die Kleine ehrfurchtsvoll in Richtung des Verkehrslärms zeigte. Torben schrie derweil durch das gekippte Fenster. »Geht von der Straße weg! Verschwindet! Weg da!« Doch die Warnungen brachten nichts. Ganz im Gegenteil. Die

Frau mit dem Kind an der Hand, winkte ihm freudestrahlend zu. Durch den immer lauter und schriller werdenden Lärm konnten seine Mutter und die beiden anderen ihn nicht verstehen und erkannten die Todesgefahr leider zu spät. Oma Kräm hingegen schrie wie am Spieß, als sie merkte, dass ihr geliebtes Auto die verkehrsberuhigte Spielstraße mit einer Autobahn verwechselte. Sämtliche Warnleuchten flackerten und zu allem Überfluss hatte sich nun auch ihr Gurtschloss gelöst. Susanne Kräm versuchte sich irgendwo festzuhalten oder zumindest abzustützen, um nicht wie ein Spielball im Auto herumgeschleudert zu werden. Allerdings fand sie nichts, denn dieses Level 5-Fahrzeug verfügte weder über Lenkrad, Bremse, noch über einen Rettungsanker. Das Ding machte, was es wollte, und Frau Kräm war nur ein zu Untätigkeit verdammter Passagier. Vor ungefähr zwei Sekunden hatte sie einen älteren Mann angefahren, der gerade einen Zebrastreifen überqueren wollte. Das selbstfahrende Auto raste völlig unbeeinflusst weiter. »Sorry, das tut mir leid. Ich kann dafür doch nichts … es ist der Wagen … tut mir so leid!«, wisperte die Insassin. Oma Kräms neue Frisur bestand nur noch aus schweißnassen Haarsträhnen, bevor sie mit beinahe Höchstgeschwindigkeit auf ihre Hauseinfahrt zuschoss. Ungläubig musste Torben sich von seinem Fensterplatz die ganze Tragik seines Wirkens ansehen. Der selbstfahrende IMO erwischte die Menschen vor dem Haus mit voller Wucht. Wie Puppen flogen Tanja, ihre Freundin und das kleine Mädchen durch die Luft, bevor Oma K wie eine Bombe in ihrer Hausfront einschlug. Der Dreizehnjährige schrie hysterisch, während das ganze Haus wie bei einem Erdbeben wackelte, wobei sämtliche Gegenstände in seinem Kinderzimmer krachend zu Boden fielen. Alle waren tot. Seine Mutter, ihre Freundin, das kleine Mädchen Emily und natürlich auch Oma K, nach diesem katastrophalen Einschlag des mittlerweile brennenden IMOs, der nicht mehr als Auto zu erkennen war. Diesen Unfall konnte kein Mensch überlebt haben. Doch halt … es war kein Unfall! Es war kaltblütiger Mord. Geradezu paralysiert schaute Torben ungläubig aus seinem Fenster hinunter auf die Straße. Dort unten erinnerte alles an ein Kriegsgebiet. Dann klopfte es irgendwo. Torben war irritiert, reagierte aber nicht, bis es ein weiteres Mal klopfte. Beim dritten Mal öffnete er langsam seine Augen. Seine Mutter trat ein und sah ihn beinahe mitfühlend an. »Hallo. Du hast im Schlaf laut geschrien. Hattest du einen Albtraum? Irgendwas von „Geht da weg" oder so ähnlich. Zumindest das glaube ich verstanden zu haben, mein Junge. Soll ich dir ein Glas Wasser oder einen Tee bringen?« Torben antwortete nicht. Stattdessen sprang er vom Bett, ging lächelnd auf seine Mutter zu, um sie liebevoll zu umarmen. »Was ist denn mit dir heute los?« Tanja lachte überrascht, während Torben sie kraftvoll drückte. »Alles gut, Mama. Alles okay. Lass nur. Ich komme gleich runter und werde vor dem Haus die Hecke schneiden. Die hat es doch echt nötig, oder?« Etwas verwundert sah Tanja ihrem Sohn in die Augen, bevor sie lächelnd sein Zimmer verließ.

Erleichtert ging Torben zum Fenster und schaute hinaus. Gerade kam Frau Susanne Kräm vorgefahren. Torben musste lachen, denn er war ungemein froh, die alte Frau gesund und munter aussteigen zu sehen. Kurz darauf schaltete er seine Soundanlage an. Seine Lieblingsmusik klang gut. Selbst in Zimmerlautstärke.

8. Caninoid

Wehmütig schaute der Mann in die leere Zimmerecke. Vor nicht allzu langer Zeit räkelte sich dort noch ein Hund auf seinem Ruheplatz, doch auch von dem musste er irgendwann Abschied nehmen. Immerhin wurde sein tierischer Begleiter fast zwölf Jahre alt, bevor er über die Regenbogenbrücke lief. Lux schlief zumindest friedlich in seinem Körbchen ein. Insofern konnte man wahrscheinlich dankbar sein, aber trotzdem tat es noch unsagbar weh. Dann sagte der Mann sich, dass ja alles irgendwann vorbei sein musste. Wenn man sich einen Welpen aussucht, macht man sich doch keine Gedanken darüber, dass man diesem Geschöpf einmal nachtrauern muss. Aber alles in allem genossen sie doch eine tolle Zeit. Hund und Herrchen hatten viel zusammen erlebt und so einige Prüfungen gemeinsam gemeistert, aber auch nur, weil der irische Terrier zu den sogenannten Arbeitshunden gehörte. Wäre sein geliebter Jagdhund beispielsweise ein Schoßhund oder nur der Spielgefährte seiner Kinder gewesen, dann hätte Dave Borkmann ihn schon vor Jahren abgeben müssen. Die Regierung hatte schließlich nach und nach die „nutzlosen" Haustiere mit einer derart hohen Steuer belegt, dass sich so gut wie niemand mehr einen

145

tierischen Kameraden leisten konnte. Nach der neuesten Kohlendioxid-und Methan-Richtlinie dürfte es eigentlich gar keine domestizierten Tiere mehr geben. Längst kam es auch nicht mehr auf die Rasse an. Selbst ein Schäferhund musste bestimmte Arbeitsprüfungen bestehen, damit sein Herrchen ihn überhaupt behalten durfte. Egal ob Schutzhund, Jagdhund, Suchhund oder Hütehund. Bei jeder einzelnen Brauchbarkeitsprüfung waren Mitarbeiter des Ordnungsamtes anwesend, die ihrer Arbeit völlig emotionslos nachgingen. Das Frauchen oder Herrchen konnte sich wehren, wie es wollte. Bei Nichtbestehen der Prüfung wurden die erfolglosen Fellnasen an Ort und Stelle mittels Giftspritze aussortiert. Bestehen oder Sterben war die Devise. Dave hatte mit dem äußerst cleveren Lux zwar einen guten Hund, der die an ihn gestellten jagdlichen Aufgaben auch spielend meisterte. Bei seiner Brauchbarkeitsprüfung verhielt der Terrier sich allerdings so unkonzentriert, dass sein Herrchen kurz davor war, völlig durchzudrehen. Dabei war Lux einfach nur irritiert, dass sein zweibeiniger Boss dermaßen nervös war. Anstatt der ausgelegten Spur mit tiefer Nase zu folgen, blieb er alle zehn Meter stehen, um sich fragend nach seinem Herrchen umzusehen. Dave zitterte und war kurz davor, seinen Plan B in die Tat umsetzen zu müssen. Der Kerl vom Ordnungsamt hatte sich den beiden bis auf ein paar Schritte genährt, wäh-

rend er mit einem süffisanten Grinsen eine Giftspritze aus seiner Tasche herauskramte. »Kommen
Sie zu mir und nehmen Sie ihren Versager an die
kurze Leine. Das wird heute wohl nichts mehr!« Im
gleichen Moment, während der aufgeblasene
Pseudorichter diesen Satz aussprach, lief Lux
wieder los. Wie an der Schnur gezogen und überaus
passioniert fand der Jagdhund Sekunden später die
vor ihm versteckte Beute. »Glück gehabt! Gerade
noch in der vorgegebenen Zeit. Fast hätte ich ihren
Hund eliminieren müssen.« Dave sagte keinen Ton.
Er war mental gespalten. Auf der einen Seite war er
überglücklich, dass sein Hund den versteckten
Wildschweinkadaver aufgespürt und so das Prüfungsziel erreicht hatte, aber auf der anderen Seite
kochte er innerlich. Irgendwie war er sogar enttäuscht, seinen Plan B nicht in die Tat umsetzen zu
können. Dieser Plan wäre zwar für Hund und
Herrchen nicht gut ausgegangen, aber zumindest
hätte er das selbstherrliche Grinsen des sadistischen
Richters ums Doppelte verbreitert. Für seinen
ultimativen Plan B hatte Dave nämlich eine Rasierklinge unter dem Hutband versteckt. Wenn sich der
Drecksack mit der Giftspritze seinem geliebten
Vierbeiner auch nur genährt hätte, wäre der Mann
von Dave nach allen Regeln der Kunst massakriert
worden.

Das alles war schon viele Jahre her und fühlte sich trotzdem für den sechzigjährigen Borkmann an, als wäre es gestern erst geschehen. Seit rund einem Jahr, korrekterweise seit dem ersten Januar Zweitausendfünfzig, durften verstorbene Tiere nicht mehr durch lebendige ersetzt werden. So strikt waren die neuen Gesetze und Verordnungen mittlerweile überall, denn schließlich galt es doch immer noch das Weltklima zu retten. Dave Borkmann wusste, dass er sich nun keinen Hund mehr besorgen durfte. Jedenfalls keinen mehr aus Fleisch und Blut. Für die Hundeausbildung und die obligatorischen Brauchbarkeitsprüfungen hätte er ohnehin keine Nerven mehr. Allerdings gab es mittlerweile die verschiedensten Anbieter für vierbeinige Roboter, die allerlei Haustieren täuschend ähnlichsehen konnten. Bei der Bestellung konnte man sogar Fotos hochladen, um sein verstorbenes Tier gewissermaßen zu klonen. Wenn auch nur der Optik wegen oder als nostalgisches Andenken an den verstorbenen Vierbeiner, denn Liebe und Treue konnte man halt nicht programmieren, insofern konnte auch die künstliche Intelligenz keine Wunder bewirken. Dave Borkmann schaute erneut von seinem Computerdisplay auf. Eigentlich war er todmüde, denn seit Stunden stellte er sich im Internet schon seinen „neuen Lux" zusammen. Dieser Roboterhund, der auch als Caninoid bezeichnet wird, könnte doch zumindest das leere Körbchen wieder füllen. Dort wäre auch die dazugehörige Ladestation bestens untergebracht. Als Reminiszenz an seinen verstorbenen Lux würde er sogar noch, die nun wirklich unnötigen Blechschüsseln stehenlassen. Es dauerte eine Weile, bis Dave die ewig lange Bestellprozedur hinter sich gebracht hatte, wobei er immer wieder in einen sogenannten Sekundenschlaf fiel. »Möchten Sie den Bestellvorgang abschließen?... Möchten Sie den Bestellvorgang abschließen?« ... Daves Augen brannten, die Gedanken an den verstorbenen Jagdkameraden, ließen einige Tränen über seine unrasierten Wangen rinnen. Noch zögerte er, denn ihm war bewusst, dass dieser Roboter kein wirklicher Ersatz für einen echten Hund wäre.

Zwei Tage später konnte Dave Borkmann seinen brandneuen Caninoiden zum ersten Mal an die mitgelieferte Ladestation hängen. Der Roboterhund hatte eine geradezu frappierende Ähnlichkeit, mit seinem ehemaligen Jagdgefährten. Anhand des Fotos hatten die Ingenieure wirklich fabelhafte Arbeit geleistet. Obwohl sein Kontostand nun um einiges geringer war, war es doch ein erhebendes Gefühl gewesen, den riesigen, mit Eichenlaub verzierten, grasgrünen Karton zu öffnen, um seinen bestellten Jagdkameraden willkommen zu heißen. Dieses sogenannte „Unboxing" zelebrierte der passionierte Schwarzwildjäger so feierlich, dass es fast schon grotesk wirkte. Aber da Dave kein Mensch zusah, konnte es dem Mann ja auch egal sein. Schon Wahnsinn, was man heutzutage alles mit diversen 3-D-Druckern und künstlicher Intelligenz schaffen konnte! Jetzt, da „Lux 2.0" im Körbchen seines tierischen Vorgängers vor sich hin lud, hatte sein Besitzer Zeit, sich die verschiedensten jagdlichen Eigenschaften anzuschauen. Sobald der Caninoid vollständig aufgeladen und online war, würde Dave dieses technische Wunderwerk ganz nach seinen Bedürfnissen optimieren können. Ein kurzes dreimaliges Bellen zeigte an, dass dieser Roboterhundegestalt fertig geladen hatte. Dave musste lachen. Einen Moment lang hatte der Mann wirklich das Gefühl, als ob sein geliebter Irish Terrier von den Toten auferstanden wäre. Der Roboterhund saß nun aufgeregt im Körbchen und schien schwanzwedelnd auf ein Kommando zu warten, doch Dave sagte kein Wort. Stattdessen passte er über ein Computerdisplay noch die eine oder andere Charaktereigenschaft seines neuen Hundes an. In Stufen von Eins bis Fünfzehn konnte der User alles Mögliche anpassen. Als Erstes setzte Dave den sogenannten „Spieltrieb" von Stufe Neun auf Eins. Sein neuer Hund sollte nicht spielen, sondern einfach nur seine Arbeit machen. Der Roboterhund quittierte die vorgenommene Änderung damit, dass er sein hektisches Schwanzwedeln abrupt einstellte. Dann, als

Dave so einige Eigenschaften nach kurzer Überlegung geändert hatte, konnte er es gar nicht mehr erwarten, sein neuestes „Spielzeug" zum allerersten Mal einzusetzen. Heute Abend würde er im tiefen Wald sein jagdliches Debüt geben und Dave wusste auch, wo ihre Beute zu finden war. Der alte Keiler hatte ihn schon mehrmals überlistet, aber heute Nacht sollte er fällig sein. Vorigen Monat hätte Jäger Borkmann das Schwein fast erschossen. Allerdings nur fast, denn kurz vor Auftauchen des Schwarzwildes legte sich plötzlich dichter Nebel über die Waldlichtung, so dass man die Hand vor Augen nicht sehen konnte. Als ob das Wildschwein den Jäger nahezu verspotten wollte, fraß es nur wenige Meter vom Hochsitz entfernt schmatzend ein paar Äpfel, um sich dann in aller Gemütsruhe noch den Mais, den Dave unter einem schweren Stein deponiert hatte, geräuschvoll einzuverleiben. Dann als sich die Nebelschwaden verzogen hatten und Dave durch die Zieloptik seiner Waffe endlich wieder etwas erkennen konnte, war die Bühne leer. Der alte Keiler wusste genau, was er machte, und Dave ärgerte sich maßlos, als das Schwein aus sicherer Entfernung triumphierend grunzte.

Heute Nacht würde die Jagd allerdings anders verlaufen. Dave hatte seinen Hunderoboter unter dem Hochsitz im hohen Gras in den Stand-by-Modus versetzt. Um „Lux 2.0" besser zu tarnen, hatte er seinem vierbeinigen Jagdgefährten sogar noch seine abgewetzte Camouflage-Jagdjacke übergeworfen. So wäre alles perfekt vorbereitet. Sobald der alte Keiler auf der Waldlichtung erschien, würde der Caninoid ihn stellen, um seine Flucht zu verhindern, bis Dave dem borstigen Vieh eine Kugel verpasst hätte. Aber es passierte nichts. Das Kuriose an dieser milden Vollmondnacht war nur, dass Dave des Öfteren einnickte und am nächsten Morgen seine Jagdjacke vermisste. Das fehlende Kleidungsstück fiel dem Mann allerdings erst auf, nachdem er seinen unbenutzten Jagdroboter in den Geländewagen springen ließ. Allein ging er wieder zur Waldlichtung, aber die Flecktarnjacke blieb spurlos verschwunden. Am folgenden Tag war Jäger Borkmann doch wieder allerbester Laune und verbrachte seine Zeit, um seinen Roboterhund weiter zu optimieren. Augen- und Nasenleistung setzte er auf Stufe Fünfzehn und auch die „Schärfe" setzte er auf das allerhöchste Level. Wenn dieser verfluchte Keiler sich seinem künstlichen Terrier stellen sollte, musste der Roboterhund mit aller Kraft angreifen, um sich in dem Wildschwein regelrecht zu verbeißen. So stellte es sich der Jäger zumindest vor. Nachmittags wurde Dave von einem befreundeten Reviernachbarn angerufen. Dessen Drohne hatte den Keiler um die Mittagszeit entdeckt, bevor sich das Schwein in den Schwarzdornhecken versteckte. Nur schade, dass man das

Vieh nicht durch einen Drohnenangriff zur Strecke bringen konnte, aber das durften nur elitäre Jäger, die alljährlich fast unbezahlbare Lizenzen für diese spezielle Art des Jagens erwerben mussten. Am folgenden Abend saß Jäger Borkmann erneut auf seinem selbst gebauten Hochsitz, um erwartungsvoll die beginnende Dämmerung zu genießen. Ein Feldhase hoppelte gemächlich über die Waldlichtung, während Wildtauben um die Wette gurrten. Lux 2.0 lag im Ruhemodus unter dem Hochstand und machte keinen Pieps. Dann kam die Nacht. Lange passierte nichts, bis Dave ein leises Knacken im Unterholz vernahm. Sofort war der Jäger hellwach und stierte aufgeregt durch seine Nachtsichtoptik. Mittels Wärmebildkamera konnte der Waidmann die ganze Umgebung beobachten. Der Vollmond, der den früheren Jägern als alleinige Lichtquelle dienen musste, schob sich gerade durch die Wolken, als der Keiler auf der Lichtung erschien. Vorsichtig bewegte er sich zum ausgelegten Futter, das aus einer Handvoll Maiskörnern bestand. Nervös startete Dave währenddessen die Caninoiden-App auf seinem abgedunkelten Smartphone, um Lux aus seinem maschinellen Halbschlaf zu bekommen. Dave hatte seine Lesebrille wieder mal zu Hause vergessen. So drückte er den einen oder anderen Button, ohne genau sehen zu können, was er da eigentlich machte. Dann hörte er ein kehliges Knurren, verbunden mit einem anschließenden zweimaligen Bellen. »Verfluchte Technik, verdammter Mist! Jetzt ist der Keiler gewarnt und verzieht sich.«, dachte Jäger Dave. Trotzdem legte er genervt an, um vielleicht doch noch einen Schuss auf das flüchtende Wildschwein abgeben zu können, aber die Sau war von der Bildfläche verschwunden. Zumindest dachte der Jäger das, bevor er in ungefähr hundert Meter Entfernung seine aufgescheuchte Beute zwischen zwei riesigen Fichten stehen sah.

Dave fackelte nicht lange und schoss. Wahrscheinlich zu hektisch und ohne sich beim Zielen die nötige Zeit zu lassen. Jedenfalls war der Keiler nicht mehr zu sehen. Genervt stieg Jäger Borkmann von seinem Hochstand und wunderte sich über seinen neuen Jagdgefährten, der stocksteif darunter wartete. »Wahrscheinlich hab ich nur die falschen Tasten auf dieser verfluchten Roboter-App gedrückt«, dachte sich Dave, während er Lux 2.0 mittels Resetknopf wieder zum Leben erweckte.

Nachdem dies geschehen war, ging er zu der Stelle, wo der Keiler vor nicht allzu langer Zeit gestanden hatte, um eventuelle Spuren zu finden. Er erkannte nichts und war sich immer sicherer, doch vorbei geschossen zu haben, aber der maschinelle Jagdhund schnüffelte wie wild im hohen Gras. Kein Zweifel; winzige Blutstropfen hatten sich an ein paar Halme geheftet. Sofort änderte sich die Laune des Schützen. Aus Traurigkeit oder gar Verzweiflung wurde schlagartig Freude und Glück. »Such Verwund!«, raunte Dave seinem Jagdhelfer ins Ohr, ohne allerdings die lange Leine anzulegen. Das ließ sich der Roboterhund nicht zweimal sagen. Bellend stürmte der Caninoid in den dunklen Wald. Seinen verstorbenen Hund hätte er früher niemals einem verletzten Wildschwein hinterhergehetzt. Schließlich bestand die große Gefahr, dass der flüchtende Keiler im Kampf auf Leben und Tod mit seinen messerscharfen Hauern den Jagdhund geradezu zerfetzen konnte. Eine malträtierte Maschine könnte man höchstwahrscheinlich wieder reparieren, ein Lebewesen wäre letztendlich tot. Insofern hatte Dave eine Sorge weniger. Ungefähr eine halbe Minute später war lautes Getöse zu hören, das aus bestialischem Schnauben und wütendem Knurren bestand. Dave machte sich mit eingeschalteter Taschenlampe und Gewehr in Richtung der Geräuschkulisse auf.

Dann war es plötzlich totenstill. Was war das denn nun? Warum gab zumindest der Hund keinen Laut mehr von sich? Dave Borkmann überlegte angestrengt, bevor er sich seinen Reim darauf machen konnte. Verdammt, er hatte „Feldjagd" anstatt „Waldjagd" eingegeben. An sich wäre das kein Problem. So stand es zumindest in der Betriebsanleitung, allerdings gab es dabei schon einen signifikanten Unterschied. Diese jagdlichen Huneroboter mussten nämlich permanent online sein, damit sie ihre künstliche Intelligenz auch ausspielen konnten. Bei der Umstellung auf „Waldjagd" musste die Sende- und Empfangsleistung erhöht werden, was zwar mehr Batterieleistung benötigte, aber im dichten Unterholz unumgänglich war. Das hieß im Klartext, dass Lux 2.0 derzeit nicht online sein konnte.

Als Dave mitten im Wald eine kleine Lichtung erreichte, glaubte er seinen Augen nicht zu trauen. Der angeschossene Keiler stand einträchtig neben dem Roboterhund und beide glotzten ihn an. Jäger Borkmann erstarrte regelrecht, als er diese surreale Situation einzuordnen versuchte. Scheinbar hatte sie der nur leicht verletzte Keiler zu seinem Versteck gelotst. Dort in einer Erdmulde lag alles Mögliche: Tierknochen, ein Rehkadaver und eine zerrissene Militärjacke. Dave Borkmann kannte das Kleidungsstück und war sich schlagartig über die Gefahr bewusst. Lux 2.0 knurrte ihn unterdessen böse an, während das Wildschwein zustimmend grunzte. Der Caninoid war offline. Somit war das Letzte, was er gerochen hatte, sein Ziel und daher seine Beute. Kurz bevor er sich nicht mehr mit dem Internet verbinden konnte, hatte er den Geruch von Daves Jacke in der künstlichen Nase.

Also war sein Herrchen nun sein programmierter Feind. Weglaufen, sich verstecken oder gar auf einen Baum zu klettern, machte keinen Sinn. Dafür fehlte auch die Zeit, denn sie waren schneller als der Zweibeiner. Dave schrie wie am Spieß, als der Keiler ihn zu Boden riss, während Lux 2.0 ihm immer wieder in seine hochgerissenen Arme biss. Danach schlitzte ihm dieses verdammte Wildschwein die Bauchdecke auf, um an seinen Innereien zu zerren. Er hatte noch nicht einmal mehr die Zeit und die Gelegenheit, das Gewehr von der Schulter zu nehmen, um sich damit verteidigen zu können. Irgendwann wehrte er sich auch nicht mehr. Nur noch wenige Bisse, dann würde der massive Blutverlust ohnehin zur Bewusstlosigkeit und zum Ende aller Schmerzen führen.

Völlig überrascht erwachte der Jäger zitternd vor seinem Monitor. Die Internetseite war noch geöffnet und verwirrt starrte er auf den Bildschirm. „Sie haben Ihren Caninoiden nun fertig konfiguriert! Wollen Sie den Kauf nun abschließen? JA … NEIN" Dave tippte verstört auf die rechte Taste, um seinen Computer anschließend herunterzufahren. Dann ging er ins Bad. Eigentlich wollte er sich nach dem Zähneputzen noch rasieren, aber dafür war er schlichtweg zu müde.

Eine Entscheidung hatte er allerdings schon getroffen, obwohl ihm die noch gar nicht richtig bewusst war. Es würde keinen Nachfolger für seinen geliebten Lux mehr geben. Weder aus Fleisch und Blut noch aus irgendetwas anderem. ***

Danke für Ihre Aufmerksamkeit.

Oliver J. Petry / April 2024

Werbung & Leseprobe:

ISBN: 978-3756896714 (auch als E-Book
erhältlich)

Story:

Der Brandsachverständige und ehemalige Legionär Jean Sarre wird zu einer Unfallstelle gerufen und entdeckt bei der Untersuchung des Autowracks, dass es sich keinesfalls um einen Unfall, sondern um einen Brandanschlag gehandelt hat. Dies ist der Anfang zu einer Ermittlung, die immer größere Ausmaße annimmt.

Dabei ergibt sich aus der Mitwirkung eines nicht immer sehr bemühten Kriminalinspektors, eines korrupten Bauunternehmers, mehrerer Kleinkrimineller, eines gewissenlosen Arztes und hinreißender Frauen eine explosive Mischung!

Im fahlgelben Scheinwerferlicht wirkten die Serpentinen zwischen Roses und Cadaques irgendwie unwirklich und weitestgehend gefahrlos. Kein Wunder, schließlich konnte man bei Dunkelheit nur schwer erkennen, dass es stellenweise fast siebzig Meter in die Tiefe ging. Der Fahrer der großen, silbernen Limousine war so gut gelaunt wie schon lange nicht mehr und aus dem Autoradio ertönte melodische Rockmusik.

Er hatte es endlich geschafft und hatte nun Geld genug, um sich für immer absetzen zu können. Jetzt musste er nur noch seine Geliebte abholen und dann nichts wie raus aus Spanien.

„Irgendwie verdammt romantisch, fast wie bei Shakespeare!", dachte er sich grinsend und drehte - Liquid Love- noch eine Idee lauter.

Gerard Brieaux war ein Mann Ende dreißig, bei dessen Anblick das weibliche Geschlecht oftmals in Verzückung geriet. Der gepflegte, südländische Typ mit dem schulterlangen, pechschwarzen Haar verkörperte durchaus das „Latin-Lover"-Klischee und wurde oft auf seine frappierende Ähnlichkeit mit dem Schauspieler Antonio Banderas angesprochen.

Ohne dieses Kapital hätte es Gerard die letzten Jahre auch sehr schwer gehabt. Die Arbeit als investigativer Journalist hatte nicht so funktioniert, wie er sich das vorgestellt hatte und als Fotograf war auch kein großes Geld zu verdienen.

Vor zwei Jahren hatte er sich noch als Paparazzo durchgeschlagen.

Doch dann unterlief ihm ein folgenschwerer Fehler, der ihn auch in diesem Metier disqualifizierte.

Damals stellte er in Barcelona einer Hollywood-Diva nach und ließ sich dann blödsinnigerweise von deren Double aufs Glatteis führen. Später kam er nicht umhin, sich ab und an von ein paar wohlhabenden Damen aushalten zulassen, denn schließlich musste sein Lebensstil ja auch finanziert werden.

Da bekanntlich Kleider Leute machten und der sportlich ambitionierte Gerard selten Geld in der Tasche hatte, ließ er sich von gut situierten und zugleich unbefriedigten Frauen einkleiden, damit die ihn anschließend wieder entkleiden konnten ... ***

Werbung & Leseprobe:

ISBN 9783744895415 (auch als E-Book &
<u>Hörbuch</u> erhältlich)

*8 Kurzgeschichten über die Auswirkungen von guten und
bösen Taten. Eigentlich wünschen wir uns doch alle so etwas
wie „ausgleichende Gerechtigkeit" auf dieser Welt. (OJP)*

Wie an jedem einzelnen Tag schaute er traurig durch die Gitterstäbe zur anderen Hofseite. Allerdings nahm seine Hoffnungslosigkeit noch zu, da sein bester Freund seit gestern, weder in Sicht- noch in Hörweite war. Vor ungefähr vierundzwanzig Stunden hatte er Poldis Bellen zum letzten Mal vernommen. Bruno war am Verzweifeln. Wahrscheinlich, weil er bis heute nicht verstand, dass sein menschliches Rudel ihn einfach im Stich gelassen hatte. Vor einem halben Jahr brachte ihn sein Besitzer wortlos hierher, und nachdem sich die schwere Zwingertür hinter Bruno schloss, drehte sich sein Herrchen einfach um und ging. Zuerst dachte der Hund, dass sein geliebter Mensch ihn nach kurzem Warten, bestimmt wieder mitnehmen würde, aber da täuschte er sich gewaltig. Dabei hätte er doch sein Leben für seine Familie gegeben. Der große Rottweiler-Rüde war überaus respekteinflößend, aber von seinem Naturell her äußerst unproblematisch, sensibel und sanft wie ein Lämmchen. Niemals hatte er irgendwelche Aggressionen gezeigt, und selbst das Menschenkind konnte damals in seinen Fressnapf greifen, ohne dass er auch nur eine Lefze hochgezogen hätte. Ganz im Gegenteil, er bewachte das Kleinkind selbstverständlich. Genauso wie er auch auf alle anderen Mitglieder seines Rudels hingebungsvoll aufpasste.

Alles war gut damals, nur seiner Herrin, die von seinem Herrn meistens „Anita" gerufen wurde, war er seit Hundegedenken ein Dorn im Auge. Laufend beschwerte sie sich über ihn. Seine pure Anwesenheit störte die Menschenfrau, und wenn sie sich wieder einmal mit seinem Herrn stritt, hörte er oftmals seinen Namen heraus. Meistens beendete sein Herrchen diese hitzigen Diskussionen, indem er sich einfach von seiner Gattin abwandte, die Leine nahm und mit ihm eine kurze Gassi-Runde ging. Während dieser Spaziergänge fühlten sich beide gut. Dann streichelte der Mensch immer seinen breiten Hundekopf, und murmelte ihm leise etwas zu. Bruno liebte diese Augenblicke, weil er genau dann eine tiefe Verbindung zu seinem Rudelführer fand.

Die Menschenfrau ließ wirklich kein gutes Haar an ihm. Apropos Haare, auch darüber beschwerte sie sich bei seinem Herrn, der daraufhin nur seine Schultern hochzog. Bruno machte in ihren Augen alles falsch, er brachte Schmutz ins Haus, sein Speichelfluss war zu stark, und er lag immer dort, wo Anita gerade aufputzen wollte. Bruno konnte ihren Unmut ihm gegenüber, jeden Tag aufs Neue wittern. Er blieb für die Frau ein Störfaktor, und Anita würde keine Ruhe geben, bis sie ihren Mann davon überzeugt hätte, ihn endlich wegzuschaffen. Aber noch setzte sich der Rudelführer durch, noch musste der Rottweiler weder draußen schlafen noch änderte sich sonst irgendetwas an seinem entspannten Hundeleben. Die Menschenfrau begann dann auch irgendwann frech zu lügen, nur um einen Keil zwischen Bruno und sein geliebtes Herrchen zu treiben. So rief Anita ihren Ehemann einmal schluchzend an, um ihm theatralisch mitzuteilen, dass Bruno sie aus heiterem Himmel in den Kopf gebissen hätte. Während sie im Blumenbeet arbeitete, hätte der Rottweiler sie unverhofft angefallen. Als der Mann am späten Nachmittag von einer Weiterbildung nachhause kam, und sich die schwere Verletzung anschauen wollte, fand er Anita völlig aufgelöst vor. Allerdings konnte er absolut keine Blessur an ihr feststellen. Er fand nicht den kleinsten Kratzer. Mit den Worten: „Ich lüge nicht, ich lüge doch nicht!", stürmte sie weinend an ihm vorbei, um sich im Bad anschließend, stundenlang einzuschließen. Brunos Herrchen wusste, dass seine Frau mit seinem Rottweiler ihre Probleme hatte, aber er hoffte inständig, dass sich das irgendwann legen würde. Schließlich war es doch heutzutage von Nutzen einen Wachhund im Haus zu haben. Aber um auch diesen Vorteil zu entkräften, ließ Anita einfach eine Alarmanlage installieren, ohne mit ihrem Mann im Vorfeld darüber geredet zu haben.

Dann kam dieser heiße Sommertag, der für Bruno alles ändern sollte ... ***

Werbung & Leseprobe:

ISBN: 9783757828981 (Auch als E-Book erhältlich)

Buchbeschreibung:

Fast zwei Jahre, nachdem Jean und seine Kameraden ein verbrecherisches Netzwerk in den Pyrenäen zerschlagen konnten, versucht der Antiheld nun, ein weitestgehend angepasstes Familienleben in der spanischen Metropole Barcelona zu führen. Das ändert sich abrupt, als seine Freundin wegen eines Trauerfalls nach Irland reisen muss.

Nachdem Elena sich nicht mehr meldet, macht sich der ehemalige Fremdenlegionär Jean Sarre auf die Suche. Dabei kommt er einer IRA-Splittergruppe in die Quere, die für den Karfreitag einen weltbewegenden Terroranschlag plant. Obwohl diese brutale Bande auch nicht davor zurückschreckt, ihre Feinde lebendig zu begraben, sollte es zumindest mit heiliger Hilfe und irischer Magie möglich sein, die Gerechtigkeit am Ende doch siegen zu lassen.

„Irish Disaster" ist mehr als ein Mystery-Thriller. Der Roman ist auch eine Hommage an Dublin, Galway und Salthill, an frisch gezapftes Guinness und feinen irischen Whiskey. Die „Grüne Insel" hat ein ganz besonderes Flair. Ich wünsche Ihnen, dass Sie dieses zauberhafte Fleckchen Erde auch einmal besuchen dürfen.

Sobald Jean Sarre den Triumphbogen hinter sich gelassen hatte, fühlte er sich frei. Ähnlich ging es auch dem kleinen Terrier, der unbedingt von der Leine wollte. »Lucy bei Fuß!« Das Kommando war zwar kurz und prägnant, aber die Ablenkung durch herumsitzende Vögel ... riesengroß. Die Jagdterrierhündin begann abwechselnd zu bellen und zu knurren, woraufhin die Tauben panisch davonflatterten. Ausschimpfen oder Maßregeln brachte bei dem zweijährigen deutschen Jagdterrier in diesem Moment ohnehin nichts. Jean lächelte und verbuchte es einfach mal unter jagdlicher Passion. Eine Dame, die ungefähr fünfzehn Meter weiter auf einer Parkbank gesessen hatte, sah hingegen nicht so glücklich aus. Wie jeden Morgen fütterte sie „ihre Vögel", aber schon wieder vertrieb dieses kleine schwarz-braune Biest ihre besonderen Lieblinge. Zu allem Überfluss, hatten ihre gefiederten Freunde, sie vor lauter Schreck, auch noch eingekotet. Die Señora, mit der seit neuestem weiß gefleckten, aber vormals roten Bluse schimpfte wie ein Rohrspatz. Sarre winkte ihr überaus freundlich zu. Er sah Lucy an und flüsterte: »Dann soll sie sich halt morgen vorsichtshalber eine weiße Bluse anziehen!«

Die beiden steigerten nun ihr Schritttempo. Lucy und er wurden erst langsamer, als sie gut und gerne hundert Meter

Distanz zu der tobenden Person aufgebaut hatten. Einige Zeit danach kamen Jean und seine Hündin an einem größeren Teich vorbei. Darauf paddelte ein Paar ziemlich unbeholfen in einem kleinen Ruderboot. Ein Mädchen konnte sich nicht für eine Richtung entscheiden, während ein junger Mann ihr mit ausufernden Gesten irgendwelche Anweisungen zu geben schien. Weiter hinten saßen drei Typen auf der Wiese unter einem Baum. Zuerst unterhielten sie sich lautstark. Vor Ihnen lag der Inhalt einer Frauenhandtasche. Scheinbar hatten die Räuber ihre Beute bereits geteilt, denn einer steckte ein paar Geldscheine ein, ein anderer begutachtete ein Smartphone in einer pinkfarbenen Hülle, und der dritte entsorgte gerade die rotbraune Tasche in einer nahen Hecke. Dann tranken sie gemeinsam aus einer Schnapsflasche und rauchten. Der Wind trieb den süßlichen Qualm in Sarres Richtung. Als Lucy etwas davon abbekam, musste sie lauthals niesen. Einer der drei Männer machte eine abwertende Handbewegung, um Sarre damit anzudeuten, dass er wohl besser rasch verschwinden sollte. Der Mann mit dem kleinen Hund wurde daraufhin weder langsamer noch schneller. Er ging einfach im gleichen Tempo weiter. Es war ein schöner Frühlingsmorgen in Barcelona und Jean wollte nur gemütlich mit seinem Hund im „Parc de la ciutadella" spazieren ... *** ❍🇯🇵